いつかの岸辺に跳ねていく

加納朋子

幻冬舎文庫

いつかの岸辺に跳ねていく

目次

フラット

1

およそこの世の中で、一番ワケわかんなくて、一番面白いのは人間だよなと、この俺、森野護（もりのまもる）は近頃とみに考える。やけにしみじみと、そう思う。

ワケわかんないから、面白い。ワケわかんないから、知りたくなる。もちろん、ワケのわからなさが、怖い、避けたい、に繋（つな）がる場合もあるだろう。どうしたって理解し合えない人間だっている。それこそ、理解したくもないやつだって。だがそれでも、俺は総じて人という生き物が好きなのだ（人以外の動物だって、まず大概は好きだけどね）。

中でも平石徹子（ひらいしてつこ）という人間は、ほんとにワケわかんなくて、面白いと俺は思っている。

だから徹子の話をしようと思う。

徹子と俺は、家が近所で幼稚園から中学までは一緒だったから、まあ幼なじみと言っていいだろう。そして不思議なくらい、同じクラスになることが多かった。腐れ縁、というのだろうな。そして同じクラスになろうとなるまいと、俺は徹子の動向についてはわりとよく見聞きしていた。気がついたら視界に入っているのだ。

一応、先回りして言っておく。このあたりで既にもう「ははーん」なんて思っている人がいそうだから。

大真面目、かつ真剣に断っておくけれど、これは恋とか愛とか好きとか惚(ほ)れたとか、そういう話では全然ない。俺の初恋は、小学五年のときに転校してきた山岸絵梨奈(やまぎしえりな)ちゃんで、転校初日から学年一、いや、学校一の美少女であると誰もが認めたような女の子だった。少なくとも五人、絵梨奈ちゃんが好きだと言っていたやつを知っている。公言しない人間の数はもっとずっと多かったと思われ、もちろん俺も、密かな思いは完璧に隠し通し、卒業と共に俺の初恋は終わった。彼女は受験組で、どこかの女子高附属中学に合格したと聞いている。

中学に入ってからも、いいなと思う女子は何人かいた。その手のことになると、途端にチキンぶりを発揮する俺だったから、秘めた恋は最初から最後まで厳重に秘めたままで終わったけれど、思う相手の中に徹子がいたことはない。そうした意味では完全に、徹頭徹尾(てっとうてつび)、対象外だったのだ。

それはたぶん、向こうにとっても同様だった。修学旅行のとき、他の女子がいきなり「ねえねえ、森野とはどうなのよ？」と俺を名指しして探りを入れた一幕があったらしい。俺と徹子は幼なじみの気安さから、普通によくしゃべっていたし、物の貸し借りもしていたから、周囲には仲がいいと思われていたのだろう。

その質問を受けた際、徹子はぽかんとした顔で、〈何のことを言っているのかわかりません〉状態だったという。それで、「好きなの？　付き合ってるの？」と追撃を受けて初めて、心底びっくりしたような表情になり、それから真顔で「え、護？　あ、それはナイ」と答えたそうだ（それをまた、わざわざ報告に来てくれたお節介な女子がいたのだ）。もし逆の立場なら俺とて同じように答えたに決まっているのだが、微妙に面白くない思いもあった。そこはそれ、思春期まっただなかの、繊細で自意識過剰なお年頃だったわけだから。

それで顔を合わせたときに、冗談っぽく（眼は笑っていなかったかも）その話を振ってみたら、徹子は「女子の集団はオソロシイよね」と、心底恐ろしげな顔をして言った。修学旅行の夜は、彼女に言わせれば悪夢だったらしい。

何でも、「好きな人の名前を言うまでは眠ってはならない」という謎ルールのもと、順繰りに〈告白〉をしていったのだが、徹子の「別にいないよ」という返答を、皆は許してくれなかったという。嘘でしょ隠さないでよいいじゃないのほらみんな言ったんだしと、四方八方から集中砲火を浴びた挙げ句、「ほらー、あいつとか、どうなのよ？　けっこう仲良さそうじゃん？」と俺の名前が挙がったという次第。修学旅行の夜にありがちなシチュエーションとは言え、うんざりした徹子の気持ちはとてもよくわかる。

「……それはオソロシイな」

「ほんとに恐ろしかったのよ」と徹子は身震いした。「それで、男子は夜、何やってたの？」

「枕投げ大会をしてたな。段々、枕で直接攻撃するようになって、ヒートアップしてたら先生に怒られて、正座させられてた」

これもまた、修旅にありがちな話だが、徹子は心底羨ましそうに「いいなあ、私もそっちの方が良かったよ」とぶーたれていた。いや、正座は良くないだろと思ったが、確かに女子部屋みたいなねっとり感はかけらもない。ひたすらアホでガキっぽいノリだった。

ただ、徹子には気の毒だけれど、女子達の気持ちはなんとなくわからないでもない俺だった。たぶん、知りたかったのは何も恋愛話に限ったことではないのだろう。

徹子ほど、何を考えているのかわからない人間を、他に知らない。別に無表情なわけじゃないのだが、とにかく内心が読めない。口にする言葉の意図が測れない。そして、その行動も目的も読めない。意表をつかれる、とでも言えばいいだろうか。

たとえば、登校中にいきなりクラスメイトの女子の手をむんずとつかみ、早足に歩き出したり。当然、当の女の子は、「え、ちょ、なに？」と驚くが、徹子は何も答えない。しばらくしてからぱっと離れて、「ごめーん、三郷さんと手をつないでみたかっただけ」と照れ臭そうに言い、一人さっさと先に歩いて行った。その一部始終を、俺はばっちり目撃している。

二人は別に、仲良しでも何でもない。その後も二人の関係は、まったく近づいていないようだった。それまで、徹子が女子と仲良く手をつないで歩くとこなんて見たこともないだけに、不可解な行動としか言いようがなかった。

そしてこれは小学生の頃だが、帰りの会でいきなり徹子が発言して、クラスを議論の渦に巻き込んだことがある。どんな内容だったかもう覚えていないが、「しょーもな」と思い、うんざりしたことだけは記憶に鮮明だ。皆にひとしきり無駄な時間を過ごさせて、徹子は一人、至極満足そうな顔で帰って行った。

他にも、道ばたでいきなり知らないおばあちゃんに抱きついて、死ぬほど相手を脅かしたり、授業中、先生が「平石さん、どうしたんですか？」と言うので見たら、徹子は真正面を向いたまま、ボロボロ盛大に涙をこぼしていたり、いったい何がどうなってそうした意味不明な行動やら状況やらになるんだか、まったくもって謎である。

四六時中、素っ頓狂なことばっかりやっているのなら、それは〈変人〉の一言で終わってしまうわけだけど、徹子の場合、どうも単に〈変な人〉でくくるには、納得しがたいものがある。だって、まず大抵の場合、徹子はむしろ落ち着いていておとなしく、むしろ生真面目な優等生だったから。すぐに顔色を変えたり、血相を変えたりするタイプでもなく、どっちかって言えばクールな部類だろう。

だから余計、いきなりの突飛な行動が、ものすごく目立ってしまうのだ。たとえて言うなら、日の丸弁当の梅干しの代わりに、ビー玉が納まっていた、みたいな？　大根おろしに色鮮やかな、かき氷のシロップがかかってた、みたいな？　食い物関係ばかりな上に、どうもうまい比喩が思いつかないけれど、とにかくそういう類のちぐはぐさであり、違和感だ。それもいつもじゃなくって、普段はちゃんと梅干しで、醬油なのに……そんな感じか。いや、何を言っているんだろう、俺は。

一度、徹子に直接聞いてみたことがある。いつぞやのアレや、あのときのソレは、どういうつもりだったのだ、と。

徹子は少し考えるように小首を傾げたが、やがておずおずと「あのね、他の人には内緒だよ」と前置きしてから言った。

「三郷さんって、とっても可愛いでしょう？」

いきなり言われて、俺は「お、おう」と焦って答えた。実はその頃気になっている女子というのが、何を隠そう三郷香菜ちゃんだったのだ。そう、俺は昔も今も、変わらずメンクイである。己の容姿なんてもんは、はるかに高い棚目がけ、えいやとばかり放り上げている。

「あの子はね、宇宙的可愛さだから、危うくＵＦＯにさらわれちゃうとこだったのよ」

大真面目に言われ、ぽかんとしてしまった。目が点になる、というやつだ。

いかにも内緒話という感じで、徹子は声をひそめて続ける。

「それとあのおばあちゃんにはね、悪霊が取り憑いていたのよ。そのせいで、これから人を殺すとこだったの。でも大丈夫。私がバッチリ浄化しといたから。今まで隠していたけど、私の右手には聖なる力が宿ってて……」

説明を聞いているうちに、変な笑いがこみあげてきた。うわ、こいつ、本物だ。本物の隠れ中二病だ。

アタマ大丈夫かよ、と言う間もなく、徹子は語り終えてにやっと笑った。

「とまあ、そういうような妄想をしょっちゅうしているワケですよ。ヒーロー願望っていうのかなあ、私が人々を救う、地球だって救っちゃう、みたいな。それでまあ、ついつい衝動的に、あのような所行にですね、及んでしまった、と、ハイ」

とんでもない告白をした徹子は、さすがにほんのり頬を染めて恥ずかしそうだ。

「……おまえ女で良かったな。男だったら痴漢で捕まってたかも」

さすがに呆れてそう言ったら、徹子は「そうだねー」と他人事のように言って、にやりと笑った。

それからは、徹子の意味不明な行動も、だいぶんなりをひそめたようではあった。中二病が完治したわけではなさそうで、ごくたまに、こそこそと妙なことはしているのだが。奇行というほどでもないし、そこまではた迷惑というわけでもないけれど、どうにもよくわからないことを、徹子はやめない。徹子の中では例の、人類を守る的な妄想が、未だにむくむく湧き起こっているのだろう。

ほんとにこいつわかんねー、と思う。まるで大きくハテナマークが書かれたブラックボックスだ。普段は別に変わったところはないのに、忘れた頃、いきなり鳩やウサギが飛びだしてきたりする、マジシャンの帽子みたいな不思議箱。

修学旅行の女子部屋で徹子が餌食になったのも、中身の見えない箱があるからのぞいてみたいという、ある意味純粋な好奇心故だったのだろうと思う。

ただ、余計な注目を浴びるのは、決して良いことばかりじゃない。

徹子は時として、あからさまに小馬鹿にされるようなことがあった。それは主に、外見を理由としていた。

徹子は別段、人目を引くような容姿はしていない。ありていに言えば、決して美人ではない。小学生の頃から変わらず、量が多めの髪を耳の後ろで二つ分けにして結んでいる。前髪は金太郎のように真っ直ぐだ。今の女子って、前髪の両端に謎の触角みたいな細い毛束を残していたり、きれいなカーブを描くようにカットしていたり、分け目をつけて流していたりする子が大半だけど、徹子の場合はそのどれもナシ。前髪はすがすがしいほどぱっつんと、横一文字に切り揃えられている。その前髪からのぞく太めの眉毛と、まなじりが少し上がった両眼とが「あ、こいつ、絶対ひと筋縄じゃいかないやつ」という印象を見る者に与える。まるで強情っぱりのワンパク坊主みたいなご面相だ。

小さい頃、俺の中で徹子が仕分けられたカテゴリは、〈ほぼ男子〉だった。何でも徹子のご両親は、男の子を熱烈に希望していて、男子が生まれてくることを天から信じて疑わず、〈徹（とおる）〉という名前しか用意していなかったという。ほとんどそのまま徹と命名されかけたところを、親戚の誰かが「でもそれじゃあんまり……」と口を出し、辛（かろ）うじて子供の子をつけて〈徹子〉となったそうだ。

「そのまま徹でも良かったのにな」と俺が言ったら、徹子は「ほんとにねー」とにっかり笑っていた。

その後、平石家には歳の離れた男の子が誕生し、徹子の両親は念願の〈徹〉を長男に命名したのだった。それを聞いたとき、俺はなんだか「えー？」と納得できない思いでいっぱいだった。そこはもう、使っちゃったんだから諦めろよ、と。いくらなんでも徹子に失礼だろ、と。オフクロに思わずそう漏らしたら、「別にいいんじゃない？　読みは違うんだし、きょうだいに同じ漢字を当てて統一感を出すことも、よくあるでしょ」と言っていたが、やっぱりどうにも納得できなかった。

後日徹子本人に言ってみたら、一瞬真顔になったので、（やっぱり本人も納得できないんだな）と思ったのだが、すぐさまめっちゃいい笑顔で「へ、どうして？　別にいいじゃん？　そんなことよりさー」と、赤んぼの徹がいかに可愛いかについて、でれでれと語り始めた。なんだよと拍子抜けしたくらいだ。本人が問題だとまったく思っていないのなら、別にいいんだけどさ。

それはともかく、外見や身なりに無頓着で、女子力ゼロの徹子を、遠回しに馬鹿にする女子は何人もいた。

「ねーねー、その髪の毛、どこでカットしてるのー？」とわざわざ尋ねては、「自分で切ってるよ」という返事を引き出して、「嘘ーっ」と皆でどっと笑う。何でも、前髪だけじゃなくてサイドと後ろ側も自分で切っているそうなのだが、いったいどうやるのかと聞かれ（これは俺も疑問に思った）、「え、このまま切っちゃってるよ」と二つ結びにした髪の毛をパタパタやって皆を絶句させていた。要するに、いつもの二つ結びにしたままの状態で、ハサミでバッツリと切っていた、というわけだ。道理で毛先がいつもハケみたいに真っ平らだったわけだよ。まあ俺も大概、「ファッション？　なにそれおいしいの？」ってな人間だけどさ。徹子は一応、曲がりなりにも女子だろう？　もうちょっと、何とかしようよ……とはやっぱり当人には言いにくい。やきもきしているところへ、別のところで他の女子が、徹子の制服のスカートが染みだらけだと呆れている声も、聞こえてきてしまった。

まずい、これは何とかしないといけない……そんな義務感だか義憤だかに突き動かされ、俺は少しばかり情報を集めてみた。その主な情報源は自分の母親だったけれど。オフクロは面倒見がいい質だし、徹子のことも直接知っているから、話が早くて助かった。「はんはんはーん、ほっほー」なんて余計な合いの手を入れまくるのが、若干気に障ったけれど。

とにかくこの耳寄りなお得情報を、ぜひとも徹子に報せてやらなきゃと思ったけれど、学校だと他のやつの耳に入ってしまうかもしれない。特に一部の性格の悪い女子達に聞かれたら、色んなことが裏目に出てしまう。だから部活がない日の下校時、さりげなく徹子の後をついていくことにした。どうせ家は近所だし、そのうち声をかけるチャンスもあるだろう……そう思いながら、尾行していった。

途中で、あれ、と首を傾げる。徹子が向かっている方向は、自宅への最短ルートを微妙に外れていた。

なんだか声をかけそびれるままに歩いていくと、徹子が目指しているのが近くの河原だと気づいた。土手の上は遊歩道になっている。どこかの学校の部活の連中がランニングしてたり、大人や子供が犬を散歩させたりしている、そんな場所だ。

土手の階段を上っていく徹子を見上げていたら、ドンピシャなタイミングで風が吹き、ちらりとパンツが見えた。遠目で一瞬だったけれども、まるで小学生が穿くみたいなサンリオキャラのパンツで、別に得したような気分にはならなかった。まあ、徹子だし。見ようと思って見たわけじゃないし、見たかったわけでもないし。それにくどいようだけど徹子だし。

少し時間をおいて俺も土手に上がる。見回すと、徹子は川岸に下りていて、平たい石の上に無造作に腰を下ろしていた。ああいうことを平気でするから、制服のスカートが汚れるんだよと、まるでオカンのようなことを思う。

ゴロゴロした石ばっかりの河原で、徹子は何をするでもなく、ただぼんやりと水面を眺めていた。ときおり手近な石を手にしては、川の流れにポチャンと投げ落としている。何だよ、寂しいやつだな、何か嫌なことあったのかな、ああそうか、女連中の悪口が聞こえていたんだなと思い、それなら俺の情報で即解決だぜと思ったけれども、どうにも声をかけにくい。「やあ、偶然だな」とやるには、通学路から外れすぎていて、白々しさが拭えない。

果たしてそんなものがあるかどうかも怪しい「スマートかつ、さり気ない声がけ」のセリフについて、俺がない知恵を絞っている間にも、小石はポチャン、ポチャンと川底に沈んでいく。

なぜだろう。その後ろ姿が、やっぱりとても寂しそうに見えた。

ふと、大昔のことを思い出す。

　小学一年だったか、二年だったか。下校途中で交通事故に遭ったことがあった。幸い、怪我は命に関わるようなものじゃなく、車を運転していたおじさんは、真っ青になって近くの病院に連れて行ってくれた。親もすぐに呼んでくれ、必死で謝っていたから、すごくちゃんとした人だったのだろう。あまりの謝りように恐縮したのか、オフクロなんて「まーた、うちの馬鹿息子が、ふらふら遊び歩きをしてたんでしょー」と豪快に笑い飛ばしていた。実際、その頃自分内ではやっていた〈逆さ歩き〉（要は進行方向とは逆向きで歩くというアホ行為）をしていた最中の事故だったから、俺にも非は大いにあったのだ。

　とにかく俺は右脚を骨折して、人生初入院をすることになった。入院といっても、ひょっとして頭を打ってたらいけないから、一応検査してみましょう、でもまあこの様子なら、心配いらないでしょうね、みたいな軽いノリだった。身内は「だからいっつも言ってたでしょー、いつかこうなるんじゃないかと思ってたわ。大体あんたはいっつも……」（以下略・オフクロ）、「次は気をつけるんだぞー。ついでに頭も診てもらうって？　ちょうど良かった、この際、悪いとこ全部治してもらえ」（オヤジ）てな調子で、一番ちゃんと心配してくれたのは加害者のおじさんだった。俺としては、脚は痛いわやかましいわで、大人達が揃ってぞろぞろ帰っていったときには心底ほっとした。

　とは言え、とにかく退屈だった。早すぎる夕ご飯を食べてしまったら、もう何もすることがない。一泊入院の予定だったから、漫画もゲームも持ち込んでいない。備えつけのテレビは、「テレビカード高すぎ。どうせ明日退院するんだし、いらないわよね」とオフクロが断言したから見られない。といって今は、あちこち歩き回ることもできない。人生初ギプスで、右脚は宙づり状態だ。病室は四人部屋だけど、その日はたまたま俺一人で、誰かと話すこともできない。

こうなりゃもう、寝るしかねーな。

そう諦めて目を閉じた。

その直後だったのか、それとも少しは寝たのか、よくわからない。顔の上に、ぽとっ、ぽとっと、何かが落ちてきた。うえっ、何だと思い、正直言って少し怖かったので、できる限りうっすらと目を開けた。極限の薄目状態の視界に映ったのは、びっくりしたことに徹子だった。

小学校の、一年か、二年の頃である。しかも何時かわからないけど、夜である。他に人の気配はない。夜の病院に、小さな女の子が一人でやってきた？　まさか。しかもそれが徹子で、どうやら泣いている……明らかに、ぽろっぽろっと涙をこぼしている。

え、なに？　どうしたの？　何でいるの？　何で泣いてるの？　え、え、もしかして、俺のせい？

頭の中は完全なパニック状態だ。車に轢かれた直後だって、ここまで動転していなかったと思う。

え、何か泣かすようなこと、したっけ？

心当たりはなかった。そもそもその頃は、あんまりしゃべったりとかもしていなかったし。

なぜかそのときは、俺を心配して来てくれたんだとは、かけらも思わなかった。直接相手に、「びっくりした。どうしたの？」と聞けば良さそうなものだったのだが、なまじ寝たふりみたいなことをしてしまったせいで、目を開けるタイミングがつかめない。しかも泣いている徹子相手に、何か言えるような気もしない。

俺は逆にぎゅっと目を閉じて、この場をやり過ごすことにした。混乱したあまりの現実逃避である。しばらくして、徹子は家に帰る気になったらしく、運動靴が床をこする音がした。病室を出る前に立ち止まり、小声で何かつぶやいたようだった。

『ごめんね、マモル』と言ったように聞こえた。

人の気配が完全に消えて、俺は恐る恐る目を開く。病室にはもちろん誰もいない。もしかして夢だったかとも思ったが、俺のほっぺたは、徹子の涙でまだ湿っていた……。

——どうして今、そんな古いことを思い出したりしたんだろう？

ポチャン、ポチャンと、水音は続いている。

どうしてだろう？　川面に向かって石を投げ込んでいる徹子が、あのときみたいに泣いているんじゃないかって思えてしまうのは。

埒が明かないので、俺は周囲の手頃な石を集め、そのうちの一つを川に向かって投げてみた。徹子のようにただ投げ落とすんじゃなくて、手首にスナップを利かせる感じ。

水面で、石が一度だけ跳ねて、沈んだ。

徹子が振り向いて、びっくりしたように俺を見ている。

あ、良かった、別に泣いてないじゃん……いや別に、泣く理由もないけどさ。

ほっとしながら、急いで言った。

「あれ？　徹子じゃん。なんでこんなとこにいるんだよ」

こういうのは、先に言ったもん勝ちだ。そっちこそなんでここにと言われる前に、また早口で言う。

「あのさ、オフクロから聞いたんだけどさ、大通りの四丁目の角にさ、千円カットの美容院、あるじゃん？　あそこさ、第二と第三の水曜日は、カット代、半額になるんだぜ？」

「え？」

徹子の顔は、〈びっくり〉のまんまで、もともと大きめの目がさらに見開かれている。

「なんと五百円！　今度行ってきなよ。自分で切るよりだいぶ……」ここで俺はちょっと言葉に迷う。マシになる、だと今が酷いみたいに聞こえるかもしれない。「だいぶ、可愛くなるよ、きっと」

瞬間、徹子の顔が目に見えて赤くなり、しまった、言葉のチョイスをしくじったと思う。けどまあ仕方がない。言っちゃったことは、出てしまったオナラと同じく引っ込めることなんてできないんだから（たとえどんなに臭かろうとも、だ）、俺はさっさとお得情報その二を伝えることにした。

「あとさ、近くの公園の側のクリーニング屋、あるだろ？　あそこ、頼めば追加料金ナシでけっこう早く仕上げてくれるんだぜ。その制服も、金曜日に出せば、日曜日には受け取れるってさ」

徹子は握っていた小石をぽとりと落とした。その顔は、また少し赤くなっている。

「あ、これ……」と自分のスカートを膝のあたりでつまみ上げて言う。「徹が、バッチイ手ですぐ抱きついてきたりするんだよねー。カーテンとか、人のスカートとかで、ベトベト汚れを拭いたりするし、食べ物の染みって、落ちないんだよね、もう困ったもんだよー」

スカートを無意味にパタパタとはたきながら、へらっと笑う。その笑った顔のまま、徹子は続けた。

「ねえ、護。私、キタナイ？　オカシイ？　変な子？」

どれも一部の女子が、徹子を馬鹿にするときに使っていた言葉だ。

やっぱり気にしてんのなーと思いつつ、俺は仁王立ちのままで言った。

「だから大丈夫だって」

俺のお得情報ですべて解決だ、とほくそ笑みつつ、Vサインをしてやる。

徹子はくしゃくしゃっと、不細工に笑った。それからふいに、わざとらしいほどはしゃいだ声を上げて言う。

「ねえねえ、さっきの、もう一度やってみて？　私あれ、できないんだ。石を水の上で跳ねさせるやつ」

「ああ、あれね。本気出したらもっと跳ねるよ」

ひゅっと投げてやったら、とんとんとんと三度跳ねた。徹子も投げてみるが、すぐ近くの水面にぱしゃんと落ちただけだった。

「コツがあるんだよ。なるべく平たい石でさ、こうやって……」ともう一度投げたら、一度しか跳ねなかった。チクショ、チクショと再挑戦するうちに、石は奇跡みたいにとととととととと……と五回も跳ねた。

「わあ、すごいすごい」徹子は子供みたいに手を叩いて喜んだ。「やっぱり投げるの、すごく上手だね」

「いやあ、それほどでもあるんだけどね」

わざとおどけて、笑いを取るつもりで言ったのに、それほど受けなかった。逆に、妙にしみじみとした口調で言う。

「あの石はさ、きっとびっくりしてるね。いきなり景色がどんどん変わって、きっと未来に連れてこられたみたいに思ってるんじゃないかな」

なんじゃそりゃと思う。こいつは時々こうして、コメントに困るようなことを言う。

「別に石コロは何とも思っていないと思うよ」

少しだけ素っ気なく言って、俺はくるりと土手側に向き直った。こうやって川っぺりで二人きりで語らうとかさ、まるで彼氏彼女みたいじゃん、と気づいて、ふいに落ち着かなくなってきたのだ。それは断じて事実じゃないわけだから、俺はもう、さっさと退散するべきなのだ。ミッションは見事、クリアしたわけだし。だってこのままだと、一緒に帰ろうとか、それこそ彼氏彼女みたいなことになっちゃうじゃん。家、近所だし。

それで俺は、早口で「そんじゃな。俺、もう帰るわ」と背中越しに告げて、さっさと歩き出した。

「……どうも、ありがとね、護」

ぽつりと声をかけられて、嬉しくなる。

俺は振り返らずに黙って片手を挙げた。このポーズが徹子からカッコ良く見えてるといいなと思いながら。

ありがとうっていうのは、すごくいい言葉だよなとしみじみ思った。

大昔、入院してたときの「ごめんね」みたいな、あんなわけのわかんない言葉より、こっちの方がずっといい。

今となっては、あれが本当にあったことかどうかも自信がないのだが。

2

見かけによらず、と言ったら失礼かもしれないけど、徹子は実はけっこうアタマがいい。三年の一学期の統一模試で、とある有名私立大附属がB判定だったという。がんばりゃ行けるんじゃね、的な位置付けなんだろう。同じ模試で、それよりずっと偏差値の低い高校を志望校欄に書いたのに、最高の判定がCだった俺とは大違いだ（と、オフクロに言われた）。

家がご近所さんだから、母親同士のネットワークで、普通なら漏れないはずのそんな情報が入ってきたりするのだ。

　よくアニメや漫画で定期試験の順位を貼り出したりしているシーンを見かけるけど、あんなことをしている学校って、実際にあるんだろうか？　昔はあったのか？　今もあるのか？　少なくとも、両親の通っていた中学ではやっていなかったそうだ（そしてなんと俺の両親は、同じ中学の同級生だった）。それはともかく、うちの中学は順位自体を出していなくて、科目ごとのクラス平均点と、最高得点が発表されるだけだった。クラス最低点もついでに発表されることもあるけれど、さすがに名前を挙げることはない（担任から、「次はがんばれよ」なんて言葉と共に肩を叩かれて、結局ばれてしまう、ということはよくあるが）。最高点の方は名誉なことなので、トップと、次点くらいまでは名前を挙げる先生が多い。そこに、徹子の名前が挙がることが時々あって、密かに「おお？」と思っていた。

　小学生の頃と、中学生になってからでは、それまでのイメージとか、立ち位置とかがまったく変わってしまうことがある。

　それまで女王様然として、手下を多く従えていたような女子が、中学ではただの痛い子扱いをされていたり。地味で背景に溶け込んでいたような男子が、突然中二病を発症して悪い意味で目立つようになったり。小学生のとき、やたらと自分から発言したり、百点満点のテストを見せびらかしたりして、「あいつ、頭いい」と思われていたやつが、中学では今一つ成績で目立たず、それどころか平均点にも達していなかったのが徐々にばれてきたり。逆に小学校ではいつもぼーっとしていて、「こいつウスノロだな」と何となく小馬鹿にされていたようなやつが、実はトップクラスの成績だったたり。成長と共に皆の見る目や価値観が変化したり、メッキがはげて地金が露出したり、あるいは埋もれていた長所が努力によって誰の目にも明らかになったり、理由は色々あるんだろうが、とにかく中学時代ってのは、そうした大変動が起こりやすい時期ではある。

徹子の場合、そこまで劇的だったわけじゃない。あくまでも時々、〈今回の成績優秀者〉として名前が挙がり、「もしかして、実はけっこう頭良かった？」という皆の共通認識ができあがった頃、主に女子から侮られる原因だった、外見上の突っ込み所が改善された（もちろんこれは、俺の功績による部分が大だ、えへん）。

気がつくと、徹子は〈ちょっと風変わりだけど、真面目で成績優秀な優等生〉的なポジションを獲得していた。しかも、適度な長さの前髪で、あのぶっとい眉毛が隠れてしまうと、「あれ？　思ってたよりも、普通ってか、ちょっとだけ可愛い？」みたいな。髪は女の命って、ほんとだな、と思う。前髪一つであんなに印象が変わるとは思わなかった。

ちなみに俺が中学の三年間で確立したポジションは〈熊〉である。もともと図体だけは無駄にでかかったのが、中学でも順調に伸び続け、柔道なんてモテそうにない部活に所属していることも手伝って、皆からのイメージはシンプルかつ明確に〈熊〉オンリーだ。苗字の森野から、〈森の熊さん〉なんて呼ばれ始めて、〈クマモル〉だの言うやつもいたけれど、どっちも長くて呼びづらかったらしく、最終的にはただの〈熊〉まで省略されてしまった。部活の後輩にまで「熊先輩！」なんて呼ばれる始末だ。

「誰が熊だよガオー」なんて言いながら襲うマネをしてやると、後輩達はキャーキャー大はしゃぎだ。

「おまえ、後輩からモッテモテだな」と他の部員からは言われたけれど、どうせキャーキャー言われるなら、むくつけき野郎共じゃなくて可愛い女の子からがいいに決まっている。残念ながらそんなことは、一度たりともなかったけど。

〈熊〉というポジションが、スクールカーストに於いていったいどのあたりの地位に属しているのか、知りたいような知りたくないような気がするけれども、そんなことはどうでもいい。

中学三年になって、徹子はすっかり、〈皆から頼られる平石さん〉になっていた。勉強でわからないことを気軽に聞きに行く女子もいたし、委員会や部活やクラス行事や何かで、徹子になんやかんや聞きに来たり頼みに来たりする生徒もひっきりなしだった。先生までが、徹子にしょっちゅう気軽に用事を言いつけたり呼び出したりしている。って、おい。徹子に頼りすぎだろ、みんな。

俺の目には、クラスの連中が徹子をいいように使っているようにしか見えなかった。もっと嫌な言い方をすれば、お人好し（ひとよ）しの徹子を便利に利用しているように。やたらと徹子に頼る女子の中には、かつて徹子の悪口を言っていた連中もいるのだ。しかもそいつらときたら、徹子が他の用事にかかり切りで自分達の頼みを後回しにされる事態になると、「ねー、そんなのほっといて、こっち来てよー」なんて勝手なことを言っている。恥を知れ、と言いたかった。

しかしそいつらよりもさらに厄介で、恥知らずな連中がいた。

徹子は歴史研究会という、ひたすら地味な勉強系の部活に所属している。その歴研の後輩男子共が、妙に徹子を慕っているのだ……それも必要以上に。

男子共、というからには複数いるわけで、一人は小柄でなよっとした一年生だ（上履きの色でわかる）。こいつは大胆にも、日々俺ら三年の教室までやってくる。そしてただひたすら、横開きの扉の陰から徹子を見つめているのだ。

やつの存在に気づいたのは、ひと月ほども前だろうか。トイレに行こうとして扉脇にへばりつくそいつに気づき、「なんだ？」とその視線の先を追ったら、そこに徹子がいた。あいつに何か用かと尋ねたら、ぱっと顔を背けて、猛スピードでどこかへ行ってしまった。何だかじとっとした感じの陰気系男子である。

後で徹子に「廊下からなんか変なやつに見られてたぞ」と教えてやったら、「ああ……」と困ったような顔で笑った。

徹子の重い口を開かせて聞き出したところ、さっきの一年は部活の後輩で、徹子に手紙を寄越してきたらしい。

「手紙……なんて書いてあったんだ？」

何気なく尋ねたら、徹子は少し口ごもり、それから言った。

「いやあの、付き合って下さいって」

「ラブレターか」

ついつい大声が出てしまい、慌てて自分の口を押さえた。下校時、たまたま先を行く徹子に追いついたときのことだった。もう徹子の家は近く、どこで家族だの知り合いだのに聞かれているかわからないから、会話のボリュームには気をつけないといけない。

「それで？　なんて返事をしたんだ？」

極力声をひそめて、俺は聞いた。答える徹子の声も、もごもごとくぐもっている。

「いやあの、今は誰とも付き合う気はありませんって……別に嫌いとかじゃないけどって」

「馬鹿だなあ」俺は心底呆れた。「今はとか言っちゃうと、そのうち付き合う気になるかもって感じに取られるだろ。それに、別に嫌いじゃないとか、余計なことを言わなくって良かったんだよ。中途半端な思いやりは、勘違いの元だぜ？」

我ながら、すごく真っ当な意見だと思う。なのに徹子は「でも……」とすこぶる歯切れが悪い。

「と、に、か、く」と俺は一音一音念入りに区切って、言い聞かせるように言った。「何か困ったことがあったら、すぐに言うんだぞ」

そう言ってやったら、ほんとにすぐに徹子が切り出した。

「……あ、あのね。えとね、実は今、現在進行形で困ってて……」

「え、あいつが近くにいるのか？」

「じゃなくて。あのね、こないだね、うちの玄関前に、捨てネズミがいたの」

「ネズミ？　野良猫がくわえてきたのか？」

「いや、あのね。ドアの前に段ボール箱が置かれててね、中に小さいケージと餌が入ってて、白いハツカネズミがいたの。もちろん、生きたまま。もう大騒動よ。うちのお母さん、ネズミが大嫌いで、そのせいで、私が小さい頃、ディズニーランドに行きたいって言っても断られたくらいだもん」

「……筋金入りだな」

　と答えたが、ミッキーマウスはともかくとして、ネズミが好きな女というのも、あんまり多くないだろう。いや、男だってそうか。

「それですごく困っているの」徹子の面もちは、深刻そのものだ。「お母さんは捨ててこいって言うけど、まさかそんなことできないし。でもハツカネズミって、すごく寿命が短いでしょう？　いつ死んでしまうか、それも怖くて……」

「勘違いしてるやつ多いけど、ハツカネズミは二十日で死んじゃうわけじゃないぞ？　二十日くらいで子供を産んじゃうって意味だぞ、確か。それもある意味怖いけどな」

　豆知識を披露してやったけど、徹子は浮かない顔のままだった。

「しょうがねーな。そんなら、ネズミは俺が引き取ってやるよ」

「え、でも護んちのおばさん、ネズミ大丈夫なの？」

「さあ、ミッキーは別に嫌いじゃないみたいだから、大丈夫じゃね？」

　適当なことを言いつつ、そんじゃこのまま徹子んちに寄ろうと歩いていたら、曲がろうとした角から飛びだしてきたやつとぶつかりそうになった。うちの学校の制服を着た、男子生徒である。ぬぼうっと背が高く、〈デクノボウ〉とか〈ウドノタイボク〉なんて言葉がふと頭をよぎる。そいつがこっちを見て、地球の終わりかムンクの叫びかってな感じで顔を歪(ゆが)めた。

「田代君」

徹子がびっくりしたように声をかけると、田代と呼ばれた男子は後じさるように離れていき、それから猛ダッシュで走って行ってしまった。そのドタドタした走りっぷりを見るに、体育は相当苦手そうだ。

「何じゃ、アレ?」

呆気にとられて振り返ると、徹子がとても気まずそうにうつむいていた。なんだなんだと話を聞くと、今のが徹子の部活であからさまに好意を寄せてくる後輩男子その二、であった。二年生だそうだが、育ちすぎだろう、と思う。俺も大概でかい方だが、あっちの方が若干高かったんじゃないか? もっともひょろっと伸びすぎたキュウリみたいなやつだから、闘っても負ける気はしないけど。

どこに住んでいるんだか知らねえけど、思いを寄せる先輩女子の家の近くをウロウロするとは、とんだストーカーだぜと苦々しく思ううちに、徹子の家に着いた。

先に徹子が「あ……」と言い、遅れて俺も気づく。

玄関先に、段ボール箱が置かれていた。

何となく予感があったけれども、駆け寄って開けてみると案の定、中には小さなケージと餌の袋があった。

ケージの主は、ハムスターである。

傍らで、あちゃーって感じで頭を抱えている徹子に、俺は少し低い声で言った。

「おい、これ置いてったの、さっきのデクノボウだろ、田代とかいう……」

このタイミングと、さっきの態度とのコンボは、あまりにも怪しい。どう考えてもあれが犯人だ。

少しの間を置いて、徹子がうなずく。

「……たぶん。小さい生き物が好きで、いっぱい飼ってるって話を聞いたことがあるし」

「そんじゃ、ハツカネズミもあいつの仕業か」

「たぶん」

「何じゃそりゃ。よし、ネズミもここに持ってきな。まとめてあいつに突っ返してやるよ。今ならまだ、追いかけたら間に合うだろ。先に取っ捕まえた方がいいな……」

すぐにも行こうとした俺の制服を、徹子はぐいと引いた。

「待って。捕まえるとか、やめて」

「なんで。人んちの前に勝手に小動物置いてくなんて、すげー迷惑じゃん。突き返して、びしっと言ってやらんと」

「びしっとなんて、駄目。あの子、すごく弱いの。あんまり強く言うと、大変なことになるかも……」

悲愴(ひそう)な顔で言われてしまい、取り敢(あ)えず追いかけて取っ捕まえるプランはナシとした。大変なことって何だよと、聞こうとしたとき、「わー、マモルくんだー」と甲高い声がした。

「おー、徹か。元気してたか?」

徹子の弟の、徹だった。確か今、小二か小三のはずだ。隣に徹子のお母さんもいる。あらこんにちは、また背ー伸びた? なんてにこやかに笑いかけてくれた。

二人で買い物にでも行っていたのかなと思ったら、徹が全身でどーんとぶつかってきながら、「げんきー。きょうね、クロールで、いきつぎできるようになったよ」と得意気に言った。近くのスイミングスクールに通っているらしい。

「そっか、すげーな」と少し湿った髪の毛をわしゃわしゃしてやったら、次の瞬間には徹の興味は玄関前に置かれた段ボール箱に移ってしまった。

「なにこれなにこれ」と止める間もなく、箱をのぞき込む。

「すげー、ハムスターだー、かわいい。なにこれかうの? やったー」

一人暴走して、大はしゃぎである。

「え、やだー、なにこれ」

悲鳴みたいな金切り声を上げたのは、徹子のお母さんだった。「ちょっと徹子、あのネズミ、捨ててきてって、ずっと言ってるよね？　なんで増えてるのよ。前のより、大きいじゃないの。やだーもうサイアク」
「あ、でも、捨てるのは……」

もごもご徹子が言うのにかぶせて、徹が満面の笑みで「だいじょうぶだよ、ママ」と言った。

「ハムスターはネズミじゃないよ。ママさ、ネズミのあのシッポがミミズみたいでキモチワルイっていってたでしょ？　ハムスターのシッポは、ぜんぜんちがうよ」

ほら、ほら、とケージを精一杯持ち上げてみせる。

「ハムスターにはほおぶくろがあるんだよ。かわいいんだよ。だからかっていいでしょ、ねーママー」

甘ったれた声で、母親にすり寄っていく。こいつはものすごい甘えん坊なのだ。そしておばさんは、こいつにものすごく甘い。

「ええー、でも……ほんとにネズミじゃないの、それ？」

いや、確かネズミの親戚みたいなもんじゃなかったかなあと思いつつ、俺も徹と一緒にこくこくうなずいて、援護射撃をしてやった。

「でも……」とネズミ嫌いのおばさんは、やっぱりなかなかしぶとかった。「まだうちに一匹いるじゃないの。あれを何とかしないと」

「あ、そっちはうちで引き取ります。もともとそのつもりで来たんで」

「あらそう、悪いわね……お母さん、ネズミ大丈夫なの？　いいって言ってた？」

「まだ聞いてませんけど、たぶん平気です。俺ちっさいときから、トカゲだのザリガニだのイモムシだの捕りまくって帰ったけど、飼っちゃ駄目って言われたことないし」

「さすが男の子のお母さんね、強いわ。ううん、ハムスターか。困ったな……嫌だけど……でも……」

おばさんが葛藤している間にも、徹は甘ったれた声で「ねー、いーでしょー、かーいーたーいー」とひたすら繰り返している。完全に、自分の要求が通るに決まっていると思ってるな、こいつ。

そしてそれは、実際正しかった。おばさんはついに「……ちゃんとお世話できる？」と、決定的な言葉を口にした。

「できるもーん」と徹はお気楽な口調で返したが、果てしなく怪しいと思う。

「未来が見えたぞ……いつの間にか徹子があのハムの世話をしてる姿が見えたぞ」

と傍らの徹子にささやいたら、ちょっとびっくりしたような顔をして、それから小さく「私もそう思う」と言った。仕方ないなって感じで笑いながら。

3

そんなこんなで、小動物達の行き先はひとまず決定した。犯人に突っ返すという選択肢を徹子が選べない以上、これが上々の結末というものだろう。

ハツカネズミについては、オフクロには「絶対に逃げられないようにしてよね。あんたのキタナイ部屋で逃げられたら、もう大変。どっかに巣を作って、フンとかしまくって、ずうっとどっかでカサカサ音がしてて、でも全然捕まらないんだから」と言われたけれど、俺だってそんなのは嫌だから、その点だけは厳重に注意している。今のところ、特に問題はない。

しかしそもそもの問題が、全然解決していない。このままでは三匹目の小動物が平石家の玄関先に置き去りにされるのも時間の問題かもしれないし、休み時間には相変わらず、廊下からそっと徹子を見つめる陰気系男子の姿があった。

部の後輩達にリサーチしてみたら、徹子の崇拝者二人は、どちらもけっこうな問題児だった。と言っても、素行不良だとか授業妨害だとか、そっち方面の問題ではない。陰気なチビの方は倉木智（くらきさとし）という名前で、えっ、そんなことで、と思うような些細（ささい）な出来事に凹み、何日も学校を休むのだという。忘れ物をして叱られたとか、授業中に指名されて答えられなかったとか、その程度のことで、涙目になってワナワナと震え出す。まるで絹ごし豆腐みたいなメンタルの持ち主なのだ。

もう一人のデクノボウは、田代清文という名で、こちらも相当に独特だった。彼は頑なに、同性の友人を持とうとしない。女の子のグループに突撃しては、自分が好きな小動物だの、趣味の少女漫画についてだのを一方的にべらべら話し出す。女子の方は当然面食らい、邪険にする。「キモい」なんて言ったりもする。するといきなり、胸を掻きむしり、大声でわめき出すのだという。

「あいつとか、あいつとかとは楽しそうに話してるじゃないか！　なんで僕は、駄目なんだ！」と。

田代が名指しした男子は、いずれもチャラくて彼女がいたりするタイプ。見た目も清潔感があって、イケてて、気の利いた会話ができたりしちゃうタイプだそうな。

普通の男子なら、スクールカーストの上位者と自分とが、女の子から平等に扱ってはもらえないことをちゃんとわかっている。そりゃもう、哀しいくらいに、百も承知の上ってやつだ。中学生にもなれば、認めたくない現実の一つや二つは皆、呑み込み済みなのだ。

だけど田代には、それが理解できない。なんでなんで差別だ酷いと、ひたすらわめく。クラスの女子はもう、うんざりだ。

どうして彼は、自分の話を女の子達が、ニコニコ笑って聞くべきだと思えるのだろう？　それが当然で、現状は相手が間違っていると信じていられるのだろう？　ある意味、あっぱれだと思う。ことメンタルにおいては、倉木とは対照的だと言える。まさしく鋼鉄の自意識だ。『あの子、すごく弱いの』なんて徹子は言っていたけれど、どこがだよ、と思う。

今までまったく知らなかったのだが、徹子が在籍している歴史研究会は、どうやら田代や倉木みたいな、ちょっと困った連中が集まってきてしまっているらしい。うちの中学は部活所属が必須なのだが、他の部で浮いてしまったり、揉め事を起こして部活に参加できなくなってしまった連中が、最後に流れ着く場になっているのだ。

その原因は、間違いなく現部長の徹子にある。

徹子は優しい。子供の頃から、ずっと。絶対に相手を拒絶しない。否定しない。何か嫌なことをされたり言われたりしたときでさえ、少し困ったような顔をして、それでも笑っている。

徹子のそうした気質は、間違いなく美点であり、長所なんだろう。だけど俺は、それが一番の問題点だとも思っている。

これまでずっと、そのせいで徹子が人に侮られ、軽んじられる様子を側で見てきて、どうにも歯がゆく、イライラしていた。徹子を小馬鹿にしてきた連中も、徹子が決して怒らないと知っていて、だから気分良く見下したり嗤ったりしてきたのだ。俺はそれが、悔しくてならなかった。だけど、それでも……。

――あいつの見た目を改善なんて、余計なことをしなきゃ良かった。

今さらながら、そう思う。

今、徹子にへばりついてきている連中は、いつぞやの女共よりもよっぽどタチが悪い。あいつらは、愛だの恋だのというリボンで徹子を縛り上げ、自分だけに優しくしろ、自分を肯定しろ、ありのままの自分のすべてを受け入れろ……無条件に、絶対的に。そう要求しているのだ。

アホか、冗談じゃない。

〈ボクの傷つきやすい心を、暖かい綿でくるんで！　優しい笑顔と、心地よい言葉だけをちょうだい！　乾いてヒビだらけになったボクの自尊心を、どうか君の愛で癒やして！〉ってか？

まったくもって、反吐が出る。そんな都合のいい愛情なんて、実の母親からだってなかなか得られるもんじゃないだろう（少なくともうちの母親なら、アホかと一蹴されて終了だ）。

恋とか愛とか好きとか惚れたとか、そうした言葉は万能の呪文じゃない。相手の気持ちとか状況なんかを丸無視して、一方的に押しつけていい感情じゃないんだ。

これはもう、ほっとけないと思った。普通なら、他人の色恋沙汰に首を突っ込むなんてヤボの極みだが、何しろ当事者があの徹子である。あいつは人を傷つけることで、自分がより酷く傷つく。だからはっきり拒絶もできず、迷惑だと告げることもできない。しかし田代や倉木みたいな連中は、自分が否定されたり馬鹿にされたりしてきたものだから、そのどちらもされないごくノーマルな状態を、好意だと勘違いしてしまう。ただの挨拶や、反射的な笑顔一つで有頂天になってしまう。そして真っ当な交友関係を学んでいないから、距離感がだいぶおかしい。相手の顔色を読むことも、空気を読むこともできない。それで今まで散々、自分だって嫌な思いをしてきただろうに、事態を改善する術を、彼らは持たない。

ある意味気の毒なのかもしれないが、やつらを憐れむほど俺はお人好しじゃない。

俺はまず最初に、休み時間に極力、徹子にへばりつくことにした。本来の目的を徹子に言ったら気にするだろうから、受験勉強を口実に、わからない問題を教えてもらうことにした。そしてやるべきことはただ一つ。ドアの陰に、あの陰気な倉木の姿が見えたら、できる限り怖い顔を作ってやつを睨みつけるのだ。

たったこれだけのことを一週間ほど続けたら、やつはあっさり来なくなってしまった。何と学校まで休んでいるらしい。さすがは豆腐メンタルだ。

ちなみに、俺が張りつくことによって、安易に徹子を利用しようとする連中も、何となく近づきにくくする効果があった。しかも徹子のおかげで俺の小テストの成績が、ちょっぴりだが上がった。一石三鳥、といったところか。

お次は田代の方だが、俺は回りくどいやり方なんて知らない。だから直球で行くことにした。

後輩に頼んで自宅住所を調べ上げ、休みの日に家まで突撃したのだ。

俺は女の子からはモテないけど、なぜかオバサン受けだけは異様にいい。オフクロの友達とか、親戚のおばさんとかから、「護君見てると、ほんと和むわあ」なんてよく言われる。

果たして田代んちのベルをピンポンして、出てきたおばさんに「こんにちは。清文君と同じ中学の森野っていいます。清文君からもらったハツカネズミの飼育のことで、清文君に教えてもらいたいことがあって来ました」とやたら〈清文君〉を連呼しながら告げると、田代のお母さんはすごく嬉しそうに笑って、「あらまあ、あのネズミもらってくれたの、あなただったのね。知らなかったわー、あなたみたいなお友達がいたなんて。さ、上がって上がって」とすんなり家に招き入れてくれた。

「いやー、いきなりですみません」なんて言いながら、俺はさっさと田代家に上がらせてもらった。

「清文なら部屋にいるから。あの子ったら、すごく汚くしてるのよ、叱ってやって。さ、どうぞどうぞ」

おばさんは朗らかに田代の部屋を教えてくれて、台所に引っ込んでいった。

「どーも、お邪魔しまーす」

無遠慮にドアを開けてやったら、何やらケージに向かってごそごそやっていた田代が振り返り、驚きと嫌悪の入り交じった素晴らしいリアクションを見せてくれた。うげっと呻いて、顔を思い切り歪め、ご丁寧に尻餅までついている。まるで風呂に入っている無防備なときに、ムカデの大群に出くわしたってな有様だ。

部屋の中は確かに散らかっていて汚いが、俺も人のことは言えない。出窓にいくつかのケージが置いてあって、そのうちの一つでは、ハムスターが景気よくカシャカシャ回し車を回していた。

「お休みのとこ、悪いねー」と切り出したが、まったく心はこもっていない。「あのさ、おまえからもらったハツカネズミのツブちゃんのことで、聞きたいことがあるんだわ」

小さなケージを目の前に突き出してやると、「なんでそれっ、平石先輩にあげたのに」といきなり自供しやがった。

「やっぱおまえか。ハムスター持ってきたのも、おまえだな？　おまえな、ナマモノを人様の玄関先に放置するのはヤメロ。迷惑だろうが」

「ナマモノじゃない、生き物だ」

変なところに嚙みついてくる。

「変わんねーよ、漢字で書いたら一緒だよ。そもそも好きな女の子にさ、いきなりネズミだのハムだのをプレゼントするその神経がわからんよ。どういうセンスしてんだよ」

おそらく〈好きな女の子〉という言葉に反応したのだろう、耳まで赤くなって口を開けたり閉じたりしている。

「まあ、落ち着け。今日は大事な話があって来たんだ」

相手を見下ろしているのでは、話がしにくい。俺は床の空いたところにどっかりと腰を下ろし、相手の肩をぽんぽんと叩いた。そのとき田代のおばさんが盆を持ってやってきて、机の上のノートや何かを脇に寄せ、盆ごとお菓子と飲み物を置いてくれた。

「あ、すみません、ありがとうございます」

にこやかに礼を言ってから、おばさんが立ち去るのを待って話を続ける。

「あのさ、おまえが徹子を好きなのはよくわかったけどさ、それがなんで、捨てネズミとか、捨てハムとかになるわけ？」

「捨ててない。プレゼントだ」

相変わらず血相を変えて、嚙みつくように言う。俺はちょっとため息をついた。

「女子にいきなりネズミって、普通ないだろ？」

女の子へのプレゼントなんて、俺だって見当もつかないけど、少なくともネズミは駄目なことくらいはわかるぞ。

「徹子のお母さんはネズミが大嫌いでさ、なんで早く捨ててこないんだって、めっちゃ怒られてて、可哀相だったぞ。はっきり言って、迷惑だろが」

「だって」と田代は声を荒らげた。「平石先輩は、ハツカネズミも、ハムスターも、好きだって言ってた。だからっ！」

またもやため息が漏れてしまう。

「あのな……あいつはさ、誰のことも、どんなもののことも、嫌いとは言わないんだよ。特に人が大事にしているものを否定したりは、絶対しないんだ。でさ、おまえは差別が嫌いだろう？　他のやつに対する態度と、おまえに対する態度が違ったりするのは、我慢できないだろう？　徹子は絶対、人のことを嫌わないし、差別もしない。あんなやつ、滅多にいないよ。おまえがあいつを好きになるのも、よくわかるよ。だけどさ、考えてもみろよ。まったく差別しないってのが、どういうことか。あいつには、〈差別〉がない代わり、〈特別〉もないんだよ。恋とか愛とか好きとか惚れたとか、そういうのって全部、〈特別〉だろ？　あいつん中にそういう〈特別〉はない。いい方向にも、悪い方向にも、な。全部おんなじ温度で、だから諦めろ、と俺は相手の肩をまた、ぽんぽんと叩いた。

田代はしばらくうなだれていたが、やがて顔を上げて、きっとこっちを睨んだ。

「……あんたは」

「森野ね。森野先輩、でいいよ」

そう教えてやったら、田代は案外素直に「じゃあ森野先輩は……」と言い直してから、続けた。「平石先輩の、何なんですか？」

間髪容れず、俺は答えてやる。

「幼なじみだ」

そのワードはなぜかやつの心にピンポイントで響いたらしく、田代はひどく悔しげに顔を歪めた。

俺は出された茶菓子をむしゃむしゃ食べ、ジュースを一気に飲み干してから、立ち上がった。もう用事は済んだから、これ以上長居する理由もない。もうじき三年の部長は引退の時期だから、後はもう自然に解決するだろう。

田代を打ちのめした〈幼なじみ〉という立場は、こと徹子に関してだけは、ある意味〈特別〉なのかもしれない。この先一生、他の誰にも取って代わられることのない、という意味〈好き〉で〈大事〉なんだ」

での〈特別〉だ。

平石徹子という、裏も表もなくて、トゲも凹みも何にもない、ひたすら真っ白でつるつるした存在を、俺はとても貴重だと思っている。見た目で悪目立ちすることもなくなり、突飛な行動もほとんどなくなった今、あいつはほんとに、何もかもがフラットだ。バストも……なんて言ったら、完全アウトなセクハラ発言だけど。絶滅危惧種みたいな徹子の〈幼なじみ〉というポジションを、俺はけっこう気に入っている。

俺は田代のおばさんに、ごちそうさまとおじゃましましたを告げてから、後輩の家を後にした。別に返せとは言われなかったから、ハツカネズミのツブちゃんも一緒だ。

ツブちゃんはそれから一年くらいは生きた。徹子のところのハムちゃんは、二年ばかし生きたという。世話をしたのも、最期を看取ったのも、結局全部徹子だったそうだ。

——まあ、わかっていたことだけど。

4

私鉄春霞（はるか）駅から徒歩圏に、二つの高校があった。公立の春霞高校と私立の晴喜（はるき）高校である。

春霞高校は駅の西口を出て徒歩十五分ほど、晴喜高校は東口から徒歩十七分と、同じ駅を利用するとはいっても、歩いて行くにはけっこう離れている。とはいえ、二つの高校を結ぶバス路線がないこともあり、部活動の練習試合などが組まれた場合は、当然徒歩かランニングでの移動になるのだが。

しかし両校の間には、実際の距離以上の隔たりがあった。ごくごく身も蓋も無い話だが、偏差値にしておよそ十ほどの格差である。

春霞の高校は西高東低だと、近隣では言われている。一応、晴喜高校は、近隣の高校としては別に最低ランクではない。ごくごく普通レベルである。なのに、同じ駅利用で市内トップの高校があるばっかりに、何だか割を食っている感があるのは否めない。ハルカとハルキで校名が似すぎだし（春霞の方は地名だが、晴喜の方は創設者の下の名前だそうだ。苗字が平凡すぎるけど、どうしても自分の名前を入れたかったらしい）、省略するとどっちも〈ハル高〉になってしまうのも微妙だ。ためしに市内の小中学生にアンケートを取ってみるといい。母親から、「高校はハル高に通ってくれれば、親孝行なんだけどねえ……あ、もちろん、私立じゃなくって、公立の方よ」なんて言われた経験を持つ者は、きっと相当数に上るだろうから（もちろん俺も散々言われてきた）。

そして十五の春（いや、冬か）に俺は、無事高校に合格し、春霞駅を毎日利用することになった。残念ながら、電車を降りて向かうのは、西口ではなくて東口だったけど。

　だが実際のところ、俺は西高東低の低い方だからと、特に残念に思っていなかった。別に負け惜しみってわけじゃなく、公立よりは高い学費を支払わされる親でさえ、「護にしては、よくがんばったんじゃない？」という評価だった。

　晴喜高校は部活動が盛んで、特に運動部は全体的に強い。設備も整っているし、コーチも優秀だとの評判だ。柔道部の先輩も何人かこの学校に進んでいて、後輩をしごきに来てくれたことがあったけれど、びっくりするくらい強くなっていた。おまえらも晴喜高校に来いよ、なんて誘ってもらったりもした。

　俺は中学から柔道をやっているが、中学では怪我に泣かされ、ろくな成績を残せていない。だからスポーツ推薦なんて道はなく、普通の推薦が受けられるほど内申がいいわけでもなかったから、ガチで受験するしかなかった。

　晴喜高校は、実は近隣の受験生にはけっこう人気のある学校だ。そりゃ、中三の四月時点で第一志望に決めているやつは少ないかもしれない。だけど模擬試験だの進学面談だのを受けるうちに、みんなだんだん厳しい現実が見えてくる。いや、見えるなんて生やさしいものじゃない。自分の能力が容赦なく数値化されて、眼前に突きつけられるのだ。皆が慌てて猛勉強を始める中、付け焼き刃の努力なんかじゃ偏差値は上がっていかないっていう、どうしようもない事実を思い知らされる。市内の公立トップ校どころか、二番手だって、その他大勢には難しいってことも。そして近隣には、手頃な偏差値の公立がないのだ。

晴喜高校は、地元民にとっては色んな意味で手頃だった。私立にしては学費も安い方だし、のびのびした校風で知られ、評判も悪くない。

公立上位が狙える、そこそこ成績のいい連中は、念のための滑り止めとして受ける。成績残念組は、レベルが低く、荒れているという評判の地元公立に行くくらいならと、チャレンジで受ける。同じくらいのレベルなら、長い通学時間がかかる遠くの公立よりも、地元の私立の方が有意義に過ごせると判断する者もいるだろう。パンフレットを見ると、かなり遠方から通っている生徒もいるようだ。そんなこんなで、受験者数だけなら今や、晴喜高校は春霞高校をはるかに上回っている。結果倍率も高くなり、かつての安パイみたいなイメージとは、ずいぶん離れてきつつあるのが現状なのだ。

俺が晴喜高校に合格できたのは、ひとえに徹子のおかげだと言っていい。

田代と倉木の件以降、俺は勉強でわからないところを徹子に教えてもらう習慣ができた。苦手科目なんて、それは無残な状況だったから、聞くことはいくらでもあった。そしてお人好しの徹子は、いつもそりゃあ丁寧に教えてくれた。俺がアホでなかなか理解できないまま、時間オーバーになってしまったときなんかは、次の休み時間に持ち越して、「さっきの説明、わかりにくかったよね」と向こうからやってきて、別なアプローチから説明し直してくれたりもした。なんと授業中に、どんなふうに教えたら、俺が理解できるか考えていてくれたものらしい。

　俺自身、けっこうな崖っぷち感のさなかにいたせいで、そのときはただただ、ありがたかった。どんな先生の授業より、徹子が教えてくれる方がわかりやすく、きちんと身についている自覚があったから。

　だけど後から考えると徹子には、えらい迷惑な話だったよなと思う。皆が皆、自分の勉強だけで必死になり、目を血走らせている時期に、他人の勉強の面倒を見させてしまったわけだし。そりゃ、他のやつらが徹子をいいように利用して、あいつの時間を奪うことを防げたかもしれない。けれど、結果俺が徹子の邪魔をしていたのなら、本末転倒だ。

　人間同士の関係で、片方だけが得をして、もう片方ばかりが損をする……そんなことがあっていいはずもないのに。そんなの、俺が一番嫌悪することなのに。

　しかもそのことに気づいたのは、徹子が第一志望の私立に落っこちてからだった。

　それを知ったとき、なんかの間違いだろと思った。最後の模試で、徹子は第一志望で見事A判定を取っていた（例によって、オカンネットワークで聞いたのだ）。それっていわば、太鼓判もらったみたいなもんだろう？　一回だけB判定で、あとはほぼCだった俺が合格して、徹子が落ちるなんて、ありえないと思った。

咄嗟に、俺のせいだと思った。俺が徹子の貴重な勉強時間を奪ったせいだと。だけどそれは間違っていた。

——いや、そうじゃない。俺のせいだってとこまでは、事実なのだ。しかしその原因は、俺が思っていたようなことじゃなかった。

公立高校の合格発表が出た後で、オフクロがすごくほっとしたように言ったのだ。

『良かった。徹子ちゃん、春霞高校に受かったって』と。

何を言ってんだ？　そう思った。徹子は第一志望の慶桜女子に行くんだろ、と。

俺の合格発表後、徹子にお礼に行ったとき、俺はその前提で話をしていたし、向こうもそれを否定したりはしなかった。だからオフクロの勘違いだろ、と思っていた。もしくは記念受験ってやつ？　ほら、よくあるじゃん。優秀な生徒が塾とか学校とかから頼まれて、行く気もない複数の名門校を受けたりするのって。公立でそれをやるって話はあんまり聞かないけどさ。

——俺はとことん阿呆だった。

その頃、公立組に先んじて合格を決めた私立組は、総じてだれきっていた。受験のプレッシャーからいち早く解放されて、とにかくゆるみきっていた。もちろん俺だって、例外じゃない。いったんは引退していた部活に戻ってみたり、押し入れに封印していた漫画本を取りだして、端から読み直してみたり、のほほんと気ままな日々を過ごしていた。

そんな中、休み時間も勉強をしている徹子を視界に捉えてはいたけれど、「ほんとあいつ、真面目だなあ」くらいにしか考えていなかった気がする。いや、何も考えていなかった、という方が正確か。

オフクロの話によると、どうやら徹子は慶桜女子には落ちたっぽいという。

『徹子ちゃんのお母さんがね、言ってたのよ。ちゃんと受けてさえいれば、合格間違いなしだったのにって。すごく怒ってるみたいで、なんか、詳しく聞ける雰囲気じゃなかったのよね……』

平石のおばさんって、すげー優しい感じじゃん、怒ったオフクロの方が何十倍も怖いぜと思ったものの、敢えてそんな地雷を践むようなことは口にしなかった。

とにかくそのときの俺は、伸びきったパンツのゴムみたいにゆるみきっていたから、オフクロの話もいつものように聞き流してしまった。たぶん、無意識のうちに脳が拒否していたのだろう……俺にとって不都合な現実を。そして翌日、学校で徹子の顔を見て、ようやく思い出す。そういや、オフクロが妙なことを言ってたっけ……。

「そういやおまえさ、春霞も受かったって？　さすがだな」

そう言いかけるのにかぶせるように、徹子はにっこり笑ってうなずいた。

「うん。同じ駅だねー、ヨロシク」

やけに軽い口調で言い、そのまま通り過ぎようとする。

一度も俺と目を合わせようとしない。

それで、あれ？　と思った。

徹子は昔から、嘘をつくのがすごく下手くそだ。というか、基本的に嘘をつくのが嫌いなんだろう。だからそういうシチュエーションを極力避けようとする。それはもう、露骨に。

しかも今の返事って、春から行くのは春霞高校ってことだよな……。

それじゃ、合格間違いなしだった慶桜女子はどうなった？　そういやオフクロが、ありえないこと、言ってたような……。

襟元が、嫌な感じに冷やっとした。

「ちょっと待てよ」

俺は大股で追いつき、相手の目の前に回り込む。すると徹子はやっぱり、ふっと目をそらす。とても困った、気まずい、というように。

そうして俺は、突如穴に落ちるようにして理解した。

徹子は本当に第一志望校に落ちていた。そしてその原因は、他ならぬ俺なのだ、と。

5

二月になったばかりのその日、日付が変わったあたりから、雨が雪に変わっていた。前々からの予報通りで、俺はクソ早い時間に、目覚ましを二個鳴らして飛び起きた。何しろ第一志望である晴喜高校の受験日だったから。幸い、電車は止まっていないようだったが、念のため、早めに家を出ることにした。

自転車のカバーを外したら、積もった雪と一緒に氷の塊もごろんと落ちてきた。カバーを抱えて玄関に戻ったら、オフクロから「自転車なんて危ないでしょ。歩きなさい」と一喝されて、すごすごまたカバーを掛けに戻る。手袋も片方がどっかに行ってしまい、探すのに時間を食った。最後の最後に受験票と交通費を再確認。これさえあれば、後は最悪なくてもなんとかなるのだから。

やっぱり初めての受験は、初めての公式試合よりもずっと緊張するなと思った。腹の内側がチリチリと焼けるようで、落ち着きなんてものはどこかに吹っ飛んでしまっている。あれやこれやで思っていたよりも時間に余裕がなくなってしまい、焦って家を飛びだした。

駅までの道のりは、チャリなら十分、急いで歩けば十五分といったところだ。しかしそれはいつもの話。その日は踝までの雪で、ひどく歩きにくかった。しかも一度雨で濡れた道路は、カチンカチンに凍っている。受験当日に滑るなんて縁起でもないから、一歩一歩脚を踏み締めて歩く。すぐにスニーカーの爪先が、じんと痛いように冷えてくる。

ふと見ると、少し先を黒っぽい服を着た人が歩いていた。滑りやすい靴を履いているのか、どうにも足取りが危なっかしい。と、思う間もなく、その人の体は宙に浮き、呻き声が上がった。痛い痛いと、子供のように泣いている。慌てて駆け寄ると、転んだのはほっかむりみたいにスカーフを頭に巻いた、おばあちゃんだった。どうやら立ち上がれなくなってしまったものらしい。

「大丈夫？　おばあちゃん」

しゃがみながらそう声をかけると、おばあちゃんはこっちを見て、くわっと目を見開いた。そして「オサムー」と叫んで、いきなり抱きついてきた。誰かと間違えられてしまったらしい。おいおい泣きながら、合間合間に「オサムー、痛いー、骨が折れたー」と、もごもごした声で訴えかけてくる。

知らないおばあちゃんにしがみつかれたまま、俺は途方に暮れていた。救急車を呼ぼうにも、俺は携帯電話なんて持っていない。周囲に他の人の姿もない。こんな朝早くに、近くの家に助けを求めるのは迷惑だろうか。しかしおばあちゃんは、まるで溺れかけている人みたいに必死で、一向に離れてくれない。怪我したおばあちゃんを無理矢理振りほどいたりしたら、もっと怪我が酷くなってしまうんじゃないか……そう思うと、身動きすることもできなくなってしまった。雪の上で、凍ったように静止したまま、頭の中は大パニックだ。

――どうしよう、どうしよう、よりによってこんなときに。

どれくらい固まっていただろうか。ふいに、背後から名前を呼ばれた。振り返るまでもなく声の主はわかったし、咄嗟にああ良かった、助かったと思った。

「良かった、徹子。ちょっと手を貸してくれ」

果たして振り向いた先には、徹子が足早に近づいてくるところだった。口許（くちもと）にはどこかおかしそうな笑みを浮かべていて、たぶんおばあちゃんに抱きつかれて困っている俺の様子が笑えたんだろうけど、このときばかりは女神かと思った。

徹子はそのままおばあちゃんの脇に屈（かが）んで、すごく優しい声で言った。

「おばあちゃん。オサムはね、お仕事だから行かなきゃいけないの」

「お仕事……」もごもごと、おばあちゃんは繰り返した。「会社かー、オサム、会社かー」

「うん、そう、会社。大事なお仕事。だからね、行ってらっしゃいしよう？」

おばあちゃんは素直に俺から手を離し、子供みたいに手を振りながら、「行ってらっしゃい」と言った。ほんとに骨が折れたのかなと、疑いたくなるような笑顔である。

「あとは任せて」

徹子は今度は俺に向かって力強く言った。

「や、でも……」

「いいから早く行って。今日は受験でしょ！」

怖い顔で言われて、反射的に立ち上がった。それでも動けずにいる俺の背中を、徹子は「早く！」と言葉で押してくれた。俺はお礼の言葉と後ろめたい気持ちをその場に残し、雪を蹴って駆けだした。

おかげで試験には間に合い、自分でもわりとよくできた手応えがあった。

翌日学校で徹子と顔を合わせたとき、「昨日悪かったな。あのおばあちゃん、どうだった？」と聞いたら、へらっと笑って「いやー、私も大したことできてないから、よくわからないんだけどね、近所の人が救急車呼んでくれて、怪我はね、そんな酷くなかったみたい。足首をひねったのと、腰の打撲かな」

「ふーん、骨は折れてなかったのか。そりゃ良かった」

すごく痛そうにしていたから、心配していたのだ。

「ほんと良かった良かった」徹子は満足そうに言ってから、「そう言えば、試験の方はどうだった？」と話を変えてきたので、おばあちゃんの件はそれっきりになってしまった。

どうして気づかなかったのだろう？　あのときの徹子の顔は、今と同じようにどこか気まずげだった。明らかに、その話題をさっさと終わらせたがっていた。まるで、都合の悪い事実がばれるのを恐れているように。

俺を助けて、おばあちゃんを助けて、あいつ、いいことしかしていないのに。俺は心底感謝していたのに。

あのときに、思い至るべきだったのだ。あの日は、皆が私立第一志望の受験に行ってて、中三の教室はどこもすかすかになるような一日だったんだから。そんなことは、わかり切っていたんだから。

もちろん徹子が第一志望にしていた慶桜女子だって、あの日だったのだ。

なのに俺は、受験だからとテンパってて、自分のことばっかりで、そんな当たり前のことにも気づけなかった。正直、目の前で転んでくれたおばあちゃんが恨めしかったし、徹子が現れて、代わりに重荷を引き受けてくれたときには、心からほっとしたのだ。

俺は徹子の手首をつかんで、ぐいぐいと引っ張っていった。そして進路指導室の前で、問い質（ただ）す。

「何でだよ。おまえだってあの日、大事な受験の日だったんじゃん。おまえの志望校の方がずっと遠かったんじゃん。あのとき気づかなかった俺も悪いけど、おまえもおまえだよ。何で言わねえんだよ。何でおまえが犠牲にならなきゃならねえんだよ。おかしいじゃん」

だーっとそこまで言って、息をつく。あの日は受験日じゃなかったよ、なんてとぼけるようなら、進路指導室の資料を突きつけてやるつもりだった。

「やだな、犠牲とか、そんな大袈裟だよ」徹子はやっぱり、へらりと笑う。「少し遅れたけど、ちゃんと試験は受けられたし」

「遅刻して合格できるような、甘っちょろい学校じゃないだろ。過去問やってたとき、見直す時間が全然ないって言ってたじゃん」

それに慶桜女子は厳格な校風で有名だ。正当な理由なく遅刻してくるような生徒なら、それだけでマイナス点をつけられてしまった可能性もある。

「……きっとおまえ、遅刻の言い訳とかしなかったんだろうし」

これはもう、絶対だ。

徹子はしばらく口をつぐんでいたが、やがてぽつりと言った。

「どうせ落ちてたもの」

投げやりなその言い種に、むかっときた俺は少し大きな声を上げた。

「合格してたに決まってっだろ。おまえ、頭いいんだから」

俺の剣幕に驚いたのか、徹子は肩をピクリと震わせた。そして少しの間、ぼうっとしてから、ふいにぽろりと涙を流した。

やべっ、女子には口調が強すぎたかと焦る俺に、徹子は「あれ、目にゴミが……」なんてベタなことをつぶやいた。それからにこりと笑って言った。

「心配させちゃってごめんね。でも大丈夫だから。私ね、ほんとは春霞に行きたかったの。でも親が慶桜女子に行かせたがってたから、なかなか言えなくて。だから護が気にすることじゃないんだ。ほんとごめんね。心配してくれてありがとう」

そしてくるりと背を向けて、逃げるように歩き去ってしまった。

「……今のは、たぶん本当」

徹子の背中を見送りながら、自分に言い聞かせるように俺は一人つぶやく。

最近、徹子の言葉が本心かそうでないかの、微妙な区別がつくようになった。あくまで、そんな気がする、くらいのものだけど。

徹子は基本、好きこのんで嘘をつくようなやつじゃない。だけどたまに、おや？　と思うようなことを言う。それって、本心とは違うよね、とか、事実じゃないよね、というようなことを。そこをつつけば徹子を困らせることがわかっていたから、大抵の場合、スルーしてきたけれど。

きっとその時その時で、徹子なりの、何か理由があったんだろう。人に言えない、あるいは言いたくないような理由が。

そりゃ、誰だって何もかもを他人にさらけ出すわけじゃない。隠したいことの一つや二つ、俺にだってある。

そうは思っても、今回の件ばかりはさすがに、もやもやしていた。逆ギレに近い感じで、腹を立てていた、と言ってもいい。だってそうだろう。受験は、人生を変えるような人事だ。

あの雪の朝、他にいくらでも、やりようはあったはずだ。俺達はたかだか中学生なんだから、素直に大人の手を借りりゃあ良かったんだ。迷惑を承知で、近くの家のインターホンを押しまくり、救急車を呼んでもらえば良かったんだ。徹子だって結局はそうしたんだろうし。救急車が来るまで、おばあちゃんを見守る必要だってなかっただろう。出てきた大人に、「俺たち今日受験なんです」と言えば、絶対「さっさと行け」と言ってもらえたはずだ……世の中の大多数の大人は、なんだかんだ言ってもちゃんと子供を守ってくれるのだから。

あの日、あの時、テンパっていた俺が、そのことに気づけなかったとしても。徹子が気づかなかったはずはない……根拠はないけど、そう思う。普段はわりとぼうっとして見えるけど、何かあったときにはすごく機転が利くし、正しい判断ができるやつなのだ。

だから、本当は春霞高校に行きたかったのだ、という徹子の言葉は、すとんと納得できた。

少なくとも、俺なんかのために徹子が犠牲になったのだ、なんてことよりはよほど。
一応（何か腑に落ちないながらも）納得はした。しかしそれにしても、と思う。
本当に、平石徹子という人間は、徹頭徹尾、ワケがわからない、と。

6

中学を卒業して、当たり前だが徹子と顔を合わせる機会は激減した。それでも家は近所だし、学校の駅も同じだしで、時々見かけることはある。しかし向こうもこっちも、わざわざ駆け寄って話しかけるようなことはしなかった。
同じ駅を利用する春霞高校と晴喜高校は、偏差値はともかく、制服の可愛さでは晴喜高校の圧勝らしい（と、うちの女子が言っていた）。確かにうちの女子の制服は、スカートがチェック模様になってたりして、なんだか華やかな感じはする。同じ模様のタイやリボンが附属しているところも、お洒落なんだろう。対して春霞高校は、上下共に紺で、スカートもひらひらしてないし、デザインはいたって地味だ。ネクタイもえんじ色だし、リボンなんてついていないし。ザ・公立って感じ。うちの女子からは、「ダッサーイ」と散々けなされている制服だ。まあそれも、地元民からすれば「やっぱり賢い子が行く学校は、チャラチャラしてなくって真面目そう」という評価になるのだが。

しかし少なくとも春霞高校の制服は、生真面目な徹子にはよく似合っていた、と思う。

……別に、しげしげ観察したわけじゃない。ただ、何となくそう思っただけだ。

俺は高校でも当然のように柔道部に入り、さすがに高校の部活はハードそのもので、だから俺の日常に幼なじみなんて入り込む余地はかけらもなかった……しばらくは。

五月の連休明けだったろうか。久しぶりに駅で見かけた徹子は、友達らしい女子と一緒だった。へえっと思って見ていると、二人してすごく楽しそうに何か話している。その後も何度か二人を見かけた。クラスメイトなのか部活仲間だかはわからないが、どうやら二人はとても仲良しらしい。あんなに嬉しそうにおしゃべりする徹子を、俺は初めて見た。

中学で徹子は、誰に対しても優しく、礼儀正しかった。つまりそれは、壁を作って一定の距離を保ち続けていたってことになるのかもしれない。あいつのあのフラットすぎる性格じゃ、〈特別〉に仲良くなるなんてことは難しかったのだろう。そして他の女子からは、常に微妙な扱いを受けていた。小馬鹿にされたり、便利に使われたり、困ったときだけ頼りにされたり。

徹子がそれを苦にしている様子はなかったが、俺は内心、調子が良かったり無礼だったりする女子達を、「ああ、あいつら馬鹿なんだなあ」と憐れんでいた。

男でも女でも、人を下げずにいられない連中が、俺は大嫌いだった。あいつらどうしていつもいつも、他人のあら探しばかりしているんだろう？　どうしてあんなにも、人の落ち度とか失敗が、大好きなんだろう？　目立ったり秀でたり劣ったり、そういうことが全部、許せないんだろうか？

あいつらもある意味、フラットを望んでいるのかもしれないな、と思う。自分とその狭い世界を絶対規準にして、そこから少しでも外れる者は、彼らの王国の反逆者にも等しいんだろう。良い方にも悪い方にも、突出することを許さない。すべて叩いてならして、同じ平坦(へいたん)な価値観の上に並列させたいのだ……そうして自分とその仲間だけは、すげーちっちゃい山の上でふんぞり返る。

そんな自分勝手なエセフラット、クソ食らえ、だ。

ほんと馬鹿なやつら、としみじみ思う。あいつら、徹子よりも自分達の方が上なのだと、何を根拠に信じられたのだろう？　便利に使って良い駒だなんて、どうして思い込めたのだろう？

当の徹子は、努力で成績に秀でた結果、近隣では一番の高校に通っている。もちろんそこに、並列バンザイなあの連中は、一人も行っていない。

そして今や、徹子はどうやらすごく仲の良い友達を得たらしい。これは徹子史上、記念すべき出来事だ。

良かったなあと、肩を叩いてやりたい気分だった。もちろん、もはや他校の女子である徹子に、そんなボディタッチみたいなことはする機会もなかったのだが。

と言うか、逆の機会なら一度あった。

駅でぼうっと帰りの電車を待っていると、いきなり後ろからぽんと肩を叩かれたのだ。びっくりして振り返ると、徹子だった。隣に同じ制服を着た女の子もいる。近くで見たのは初めてだったが、例の仲良しなのだろう。小柄でふわふわした栗色の髪が印象的な、やけに可愛い子だった。

「久しぶりー。また背が伸びた？」

徹子はなんだか上機嫌だった。心なしか、以前よりもずっと明るくなった気がする。きっと進学先の学校が肌に合ったのだろうし、もちろん新しくできた友達の力も大きいのだろう。

「紹介するね。この子、友達のハヤシメグミちゃん。こっちはね、幼なじみの……」

「森野っす」

短く自己紹介して、ぺこりと頭を下げた。

「あ、あの、ヨロシク……」

メグミちゃんは、顔を赤くしながら、もじもじしている。そりゃあいきなり他校の熊系男子を紹介されても困るよなと、ちょうど来た電車に乗ってからは少し離れたところに立っていた。乗客の隙間からちらりと見やると、また二人で何か楽しそうに話し始めた。こっちの背が高いため、向こうからもよく見えるらしく、二人とも時々こっちを見ては、小さく笑いかけてくる。小声でよく聞こえないが、何か噂をされているのかもしれなかった。もしそうなら、どんなことを言われているのか気になった。徹子は人の悪口を言うようなやつじゃないから、事実を淡々と説明しているのだろうけれど。

家が近所で幼なじみで晴喜高校に通ってて、柔道やってて……もしかしたら、良いヤツだよ、くらいは言ってくれたかもしれない。

そうだったらいいな、と思った。そして、徹子に〈幼なじみ〉なんかよりずっと〈特別〉な存在ができたことを、心から嬉しく思った。

メグミちゃんは俺のことを、〈友達の友達〉認定してくれたらしく、会えば挨拶してくれたり、遠くからぺこりとお辞儀をしてくれるようになった。一度、俺のクラスメイト達が一緒だったときには、皆、「他校の女子、他校の女子」と大騒ぎだった。あいつら、「偏差値高いとこの女子なんて、眼鏡ブスばっかりに違いない」なんて暴言吐いてたくせに、見事な掌返しぶりだ。もちろん、徹子の大切な友達を野郎共から厳重にガードしたことは言うまでもない。

夏休み終わり頃のことだった。

公立の春霞高校は、私立のうちよりも夏休みが五日ほど短い。夏休み明けで短い準備期間を経て、どたばたと文化祭をやってしまい、その後すぐに中間テストだそうだ。夏休みにも夏期講習があるらしいし、やっぱり進学校はそれなりに勉強もキツそうだった。

家で夏休みの課題をせっせと片付けていると、徹子から電話があった。俺も徹子もスマホなんて持ってないから、家の電話にだ。オフクロが、「あらあ、久しぶりー。最近顔を見ないから、どうしてるかと思ってたのよー。ぜひまたうちに遊びにいらっしゃいな」なんてはしゃいだ声を上げてるから、てっきりオフクロの友達かと思っていたら、続いて「徹子ちゃんから電話よー」ときたから驚いた。頼むから、俺宛の電話で話し込まないでくれと思いつつ、ちょっとどきどきしながら子機に切り替え、自分の部屋に戻る。考えてみたら、徹子から電話なんて初めてじゃないか？

「あー、もしもし？」

電話なんてまだるっこしいことをしなくても、直接来ればいいじゃん、すぐ近所なんだし。なんて思いながら、電話に出た。

「こんばんは」と徹子は律儀に挨拶をしてくる。その声の、わずかに硬い調子に、思わず俺は背筋を伸ばす。

「あのね、お願いがあるんだけど……」

そう言いかけるのにかぶせるように、俺は答えた。

「いいよ。やるよ」

少しの間があって、「まだ何も言ってないよ」と笑いを含んだ声が言った。耳たぶを叩く徹子の声は、電話を通している分、記憶のそれとほんのわずかに違う。トーンが少し明るいのは、きっとメグミちゃんのおかげだろうけど。

そんなことを考えているのが伝わったみたいに、徹子はふいにその名を出した。

「あのね、メグのことなんだけど。あ、ハヤシメグミちゃん、ね。クラスの友達の」

わざわざ説明しなくてもわかっているよ、の意味で、俺は「うん」と先を促す。

徹子によると、通学の満員電車でメグミちゃんが、タチの悪い痴漢にロックオンされてしまったのだそうだ。夏休み前から目をつけられていたらしいが、新学期早々、ぴったり張りついてくるようになったという。

「あの子、すごくおとなしいから、声を上げたり、周りの人に助けを求めたりできないのよ」

それはけしからんなあと思いつつ、気になることがあった。

「徹子は？」

「え？」

「徹子は大丈夫なのか？」

少し考えるような間があって、「もしかして」と徹子は言った。「私も痴漢に遭ってないか心配してくれてる？　大丈夫だよー、痴漢だって相手を選ぶから」

「女子高生がそんな無防備なことを言ってちゃ駄目だぞ。油断大敵だからな」と釘を刺しておく。

俺の心配は軽く聞き流されたらしい。続いて徹子はとんでもないことを言った。

「一度、私が直接相手に注意したんだけど、証拠もないのにって開き直られてお終いだった。やっぱり、女だと舐められちゃうから駄目なんだよね」

「オイ、それは駄目だぞ」

「うん、だから駄目だった」

「そうじゃなくて。おまえがいきなり男相手に立ち向かうとか、危ないだろが。逆ギレされて殴られでもしたら、どうすんだよ」

俺の剣幕に、徹子は驚いたらしかった。まごついたような調子で、「あ、ごめんなさい」

なんて謝られてしまった。

「ああ、いや、でかい声出して悪かった。とにかく話はわかった。こっちが夏休みのうちに、短期決戦で行こう」

その場で入念な打ち合わせをして、俺はやる気に満ち満ちて電話を切った。できれば翌朝の早起きに備えて、さっさと寝てしまいたいところだったが、そうもいかない。渋々、机の上の課題に戻ったが、あれこれ考えてしまい、あんまりはかどらなかった。

翌朝、俺はいつも学校に通うときとは逆方向の電車に乗った。例の痴漢は、メグミちゃんがJRから私鉄に乗り換えるときを狙い、ぴったり後についてくるとのことだった。だからその乗換駅で張り込むことにしたのだ。

徹子も一緒に来ると言ったが、断った。犯人にばっちり顔を見られている徹子がいたら、逃げられてしまうだろうから。第一、徹子に何かあったら大変だし。

俺はホームのベンチにどっかりと座り、本を読むふりをしながら周囲をちらちら観察した。徹子から、メグミちゃんがいつも乗る電車と、大体の乗車位置を聞いている。念のため、だいぶ早めに着くようにしたのだが、すぐに「あれじゃね？」ってのに目星をつけた。若いサラリーマン風なのだが、何本か来た電車にも乗らず、ふらふらとホームを行ったり来たりしている。あからさまに、怪しかった。

しかしそういう俺自身も、だいぶ怪しいのだった。メグミちゃんには作戦を報せていないので、顔バレしないよう、オヤジの帽子とサングラスを身につけている。手持ちの中では精一杯チャラそうなシャツも着てきたから、ぱっと見限りなく、ガタイのいいチンピラだ。

幸い、サラリーマン風はこちらには目もくれず、階段から下りてくる利用客の姿をひたすら見つめている。

やがて見憶（みおぼ）えのあるふわふわ髪の女の子の姿が現れると、不審な男はさっと階段の陰に回った。こりゃもう決まりだな、と思いながら俺も立ち上がる。ホームに次の電車が入ってくる旨、アナウンスが流れた。メグミちゃんが並んだ列に、何食わぬ顔で男も並ぶ。よりによって真後ろだ。

普段、普通に通学しているときには、まったく気づいていなかったし、目にも入っていなかったけど、実際、こんなやつっているんだなと、ため息をつく。今日は俺はまだ夏休みで、通勤通学の列からは外れたところにいる。ルーティン化された日常にいると見えないことっていうのは、確かにあるんだろうなと思う。少し離れてみて、目を凝らしてみて、ようやく気づくことってのは。

俺は大股に近づき、男のすぐ後ろに並んでやった。いつもこの駅では、乗り換えの人達がどっと乗り込み、車内はぎゅうぎゅう詰めになってしまうそうだ。メグミちゃんにぴったり張りつく男を見て、胸くそが悪くなったけれども、じっと我慢する。

それからは、あっという間だった。すぐにメグミちゃんがもじもじソワソワしだし、俺は用意しておいたデジカメで、バッチリ現場を撮影してやった。シャッター音に驚いて振り返ったところも一枚、無理矢理サイドに割り込んで、さらに決定的な一枚。

これをわずかな時間で成し遂げた俺は、かなり有能だったと思う。それから男の手首をぐいとつかんでひねり上げてやると、顔を歪めながら「何だ、おまえは」と微妙に小声で言う。騒ぎにはしたくないのだろう。

こっちには配慮してやる義理なんてないから、大声で言ってやった。

「はい、痴漢の現行犯ね。次降りて、駅員さん呼んで、警察行こう」

「冤罪(えんざい)だー」男はわざとらしい声を上げた。「おまえら、グルだろう。さては示談金狙いだな」認める気はさらさらないらしく、往生際悪くそんなことを言う。

「いやだって、思い切り触ってたよね、俺見たし。今はさ、鑑識の人が調べたら、服の繊維とかでわかっちゃうんだよね。冤罪だって言うなら、このまま この手、警察で調べてもらおうよ。でもまあそれ以前に、ばっちり証拠写真を撮ったけどね」

そう言ったら、真っ赤だった顔が、みるみるうちに紙粘土みたいな色になっていった。人間の顔色って、こんなふうになるんだって、少し感心した。まるでカメレオンみたいだ。

人生終わったって、思っているのかな？　こんなふうに絶望的な顔をするくらいなら、なんで痴漢なんてやっちゃうかな。目の前に可愛い女子高生のお尻があったから、仕方がないって？　いやそんなん、言い訳にならないでしょ。たまたま手が当たっちゃったとか、敢えて避けなかったとか、そういうんでもないし。明らかに、好みの女の子を物色して、狙いを定めた上で突撃してたよね。やる気満々だったよね。

同じ男だけど、俺にはこいつの心の裡がまったく理解できなかった。徹子とはまた違う意味で、わからない。理解したくもない……こんな下劣なやつの自分勝手な行為で、しくしく泣いているメグミちゃんを目の当たりにして、余計にそう思う。

こいつには、大切な異性はいないんだろうか。別に奥さんとか恋人とかじゃなくっても、母親とか、姉とか妹とか、幼なじみとか。

きっといないんだろうな、可哀相に。それか、想像力のかけらもないんだろうな。自分の大切な人と重ねたり、自分の最悪の未来を予見したり、そういう能力が著しく欠けているんだろう。

この一件で、こいつは色んなものを喪うのかもしれない。俺のことを逆恨みするだろう。けどまあ、どうってことはない。

俺は徹子も乗る通学電車から、女子高生狙いの痴漢を一人排除できたことで、大いに満足だった。

7

「――納得できん」

朝、学校で会うなり根津君が、ものすごいじっとりとした目でそう言った。

根津君はクラスメイトで、同じ柔道部仲間でもある。小柄で色白で、おまけにその苗字だったから、初めて会った日、俺が飼ってるハツカネズミのツブちゃんを連想したことは、彼には絶対に内緒だ。

と言うのも、後で知ったことだが、彼は小中と、〈ネズミ〉というあだ名をつけられ、散々苛められてきたらしい。

「おまえみたいに図体のでかいやつがリーダー格でさあ、そんなん、はなっからかなうわけないべ？　だから逃げるが勝ちってさ、ここ受けたんよ」

根津君は別にどこかの地方出身ってわけじゃないのだが、言葉遣いがやや独特だった。この口調はたぶんわざとで、いつもいつもこういうしゃべり方をしているわけでもないらしい。

柔道は、高校に入ってから始めたという。中学ではパソコン部にいたそうだ。

なるほど確かに、どう見ても運動部、それも格闘技には向いていない。体格も貧弱で、準備運動だけでへばっているような根津君が、どうしてよりにもよって柔道部に入ったのかが不思議だったが、彼の話を聞いてなるほど、と思った。もう二度と苛められないように、強くなろうと心に決めたのだな、と。

それを本人に言ったら、馬鹿にしたみたいに鼻で笑われた。

「そんなわけねえじゃん。漫画じゃないんだからさあ、昨日今日習い始めた柔道で、おまえみたいなデカブツを投げ飛ばせたりするわけねえべ？　受け身だよ、受け身。そこさえきちっとマスターすりゃ、突き飛ばされたり突き落とされたりしても、取り敢えず大怪我は避けられるべ？」

どうも苛められ、暴力を振るわれることは大前提であるらしい。

「それに……」にやっと笑いながら、根津君は続けた。「繁華街とかでさ、あの苛め一派に出くわしてもさ、『俺、今、柔道部ー、先輩もダチも、マジつえーし、電話一本ですぐ来るしー』とかって言えるべ？　うちの柔道部、強いので有名だし、もう絶賛、虎の威を借りちゃうし。だから、さ、仲良くしようぜー」

満面の笑みでそんな下心を全開にされ、こっちとしては「お、おう……」としか言えなかった。電話一本って、ピザ屋かよ、くらい言い返せば良かった。

ある意味、彼はすごく強い人間なのだろう。初対面のとき、ハツカネズミのツブちゃんを連想したついでに、あの豆腐メンタルの倉木も思い出したりしていたのだが、全然違ってい
た。

以来、俺は根津君に一目置いているし、本当に、わりと仲良くなってもいる。今まで俺の友達にはいなかったタイプで面白いのだ。

その根津君が、俺の顔を見るなり、納得できん、納得できんとぶつぶつ言っている。

「何だよ、いきなり」

面食らって尋ねると、根津君はふてくされた表情で「思い当たることはないのか？」と聞き返してきた。まるで尋問だ。

「まったくない」

「チクショウ、しらばっくれやがって……おまえなんて熊のくせに」

なんか知らんが歯噛みして悔しがっている。

根津君の苛め話を聞いた際、どう言ってよいやらわからず、『俺なんて中学で、熊呼ばわりされてたぞ。まあネズミとあんま、変わらんな』なんて、慰めにもならないことを口走ったせいで、以後、彼からは時々、そう呼ばれている。

「……おまえさー、昨日、春霞高校の文化祭に行ったろう」

まるで地を這うような低い声で、根津君はいきなり言いだした。

「え、なんで知ってるの？　あ、おまえも行ったんだ」

「行ったら悪いかよ」

いちいちからむような言い種だ。

「え、なに？　俺、おまえになんかした？」

さすがにウザくなってきて、少しきつめに言ったら、途端に根津君はしゅんとなった。

「……いやだってさ、おまえさ、林さんと一緒にいたろ？」

もごもご言われて少し驚く。

痴漢騒動のお礼がしたいから、と徹子に言われて、俺は春霞高校の文化祭に招待されたのだ。

『メグもすごく感謝してて、護に会いたがっているの。あの時はいっぱいいっぱいで、ちゃんとお礼が言えなかったって気にしてて……。模擬店で何でもご馳走しますってよ。私も学校を案内したいし、遊びに来てくれると嬉しいな』

と徹子は言っていて、まあ、そのくらいの軽い感じのお礼なら受けてもいいかなと思った。

一応、夏休みの課題がヤバイ状況で、体張ったわけだし。それに何より、徹子が通っている学校に興味があった。

晴喜高校の文化祭なら、見学がてら中三のときに行ったことがある。漫画とかアニメとかに出てくるように、メイド喫茶があったり、気合いの入ったお化け屋敷があったりした。全体が、手作りながらも完成度の高いお祭りで、俺はしばし受験も忘れて大いに楽しんだものだ。

それに比べると春霞高校の文化祭は、シンプルかつ、エコの精神に満ちていた。晴喜高校の演劇部は、凝った舞台衣装に大道具と、かなり本格的だったけれども、春霞の方は演者はジャージ姿で背景はただの暗幕だ。皆様の想像力にお任せします、という感じ。準備期間もごく短いし、要するに注力すべきは学業で、学校行事などはその邪魔にならない範囲で行うべし、という方針なのだろう。

お客さんである他校生の中には、「しょぼー」なんて悪口を言っている人もいたけれど、これはこれで悪くないと思う。何より、当の生徒達がちゃんと楽しんでいるらしかったから。

徹子とメグミちゃんも例外ではなくて、俺にはそれが何よりだった。

そうか、根津君もあの場にいたのか。

「何でおまえ、メグミちゃんのこと知ってるんだ？」

「名前呼びかよ」

むっとしたように根津君が吐き捨てる。

「いやだって、俺の幼なじみの友達だから。二人は仲がいいんだ」

「幼なじみって、女？」

詰問調で聞かれ、「まあね」と答える。

「両手に花で文化祭とか、リア充か」と吐き捨てられた。

「おまえは誰と行ったの？」

「一人で行っちゃ悪いかよ。定期使って行けるからさ、ちょっとのぞいてみたんだよ」

「メグミちゃんに会いに？」

「別にそういうわけじゃ……」

俺の逆襲に、最初の勢いとは打って変わってもごもごしている。

「いや、そもそもさ、おまえ、メグミちゃんとどういう関係なの？　もしかして好きなの？」

根津君は、痛恨の一撃を食らったって顔をした。一瞬絶句した後、ぼそっと言った。

「中学同じだったんだよ。一年のときだけ同じクラスになった」

根津君は最初の質問にしか答えなかったが、うっすら赤くなった顔は、もう一つの質問の答えなのかもしれない。

これは誤解を解いておく必要がありそうだった。

俺は痴漢騒動について、かいつまんで説明した。だからこれは単なるお礼で、深い意味はないんだよ、と。黙って聞いていた根津君が、ふいに首を傾げる。

「なんか、おかしくね？」

「え、何が」

「昨日林さん、言ってたよな。今まで、もし痴漢に遭ったら大声でやめて下さいって言うつもりだったけど、実際には何にも言えなかった。すごく怖かったから、助けてもらって本当に嬉しかったって」

「え、なに、ずっと俺達の話、聞いてたの？」

あまりに詳細な再現ぶりに、どん引きした。堂々と言ってるけど、立ち聞きじゃん。

「おかしくね？」俺の質問は無視して、根津君は繰り返した。「そもそもおまえが幼なじみに呼ばれたのは、どう聞いても、既に林さんが何度も被害に遭っているから、だべ？　相手に直接注意までしたって。なのに当の本人の口ぶりだと、おまえに助けられた日が、初めての被害って感じだった。変じゃね？」

「つまり何？」

含みのある口調に、いらっときて聞き返す。根津君はひょいと肩をすぼめた。

「つまり、すべてはおまえの幼なじみの仕込みじゃね？　その痴漢男に何か恨みがあって、罠にかけたんじゃね？……林さんを囮つうか、餌にしてさ。もしそうなら」

「馬鹿じゃね？　何をどうやったら、そんなことできんだよ。大体、徹子はそんなやつじゃない」

思わず強い口調になり、根津君はやや怯んだようだったが、なおも言葉を続けた。

「だってさ、女なんてたいがい、クソだべ？　まあ、男だってクソだけどさ。俺みたいに弱いやつは虐げられて、おまえみたいなお人好しは利用されるんだよ」

「じゃあ、メグミちゃんもクソなのかよ」

「あの子は天使」

勝手なことを、と思う。そんなこと言うなら徹子だって、と口を開きかけてやめた。そういう言葉で徹子を表現することに、なんだかとても抵抗感があった。

少し考えて、俺は言った。

「おまえは徹子を知らないから、そんなことが言えるんだよ。あいつはむしろ人に利用されるようなやつだぞ。それにあいつは、誰よりも信用できる人間なんだ。勝手な想像で、貶めるのは許さない」

根津君はわずかに目を見開き、それから「ふーん」と言った。そこには別に揶揄するような感じはなくて、ただ単に「納得した」というふうな「ふーん」だったので、俺もそれ以上言いつのるようなことはしなかった。勝手に何か察したような顔をされたのは、少ししゃくに障ったけれど。

おそらく根津君がメグミちゃんについて何も聞かれたくないであろうように、俺もまた、徹子について人に話したいとは思わない……今回みたいな、よほどのことでもなければ。

どんなふうに話していいかわからない、というのもある。どんなふうに話しても違う、というのもある。

たった今、根津君に対して口にした〈信用〉とか、〈信頼〉とかは、まあまあ近いかもしれない。だけどやっぱり何か足りなくて、言葉とは何と不完全で不自由なのだろうと思う。

根津君が不審がったように、明らかに徹子は何かを隠している。俺に対してだけじゃなく、誰に対しても。徹子が抱える秘密が、あいつをぎこちなくさせたり、素っ頓狂に見せたりしている。時に怪しかったり、痛い感じに見られたりすることを、徹子自身、気に病んでいるふうでもある。だが、あいつがそれを口にしない以上、俺も無理に聞く気はない。ただ、見守り、頼まれれば、時にアシストする……全幅の信頼の上に。昔も今も、俺達はそういう関係だ。

根津君にも、他の誰にも、理解されないだろうし、してもらおうとも思わない。自分自身にとってさえ、不可解で謎なんだから。

ただ一つ言えることは……。

自分の中の一番きれいな場所に、そっと置いておきたいこの感情を、それでもやっぱり俺は、恋とか愛とか名付けてしまいたくはないのだ。

8

文化祭以降、時々徹子からお誘いを受けるようになった。遊園地とか動物園とか映画とか。それだけ聞くとまるでデートみたいだが、二人じゃなくてメグミちゃんも一緒なのだった。徹子はもちろん気心が知れていてラクチンだし、メグミちゃんはひたすらいい子で、だからいつもすごく楽しかった。異性の友達と遊びに行けるなんてと、かつてない事態に浮かれていたのも事実だ。

ふと思い出すのは、中三のときの正月だ。受験を目前にして、後はもう神頼みだとばかり、神社に初詣に行ったのだ……オヤジは酒呑んで寝てたから、オフクロと二人で。列に並んでいるすぐ脇を、クラスのリア充軍団が通り過ぎていって、「お母さんと二人でなんて、マザコンかよ」と思い切り笑われた。やつらはカップル二組の四人連れだった。チクショー、見てろよおまえら、全員別々の高校に行く呪いをかけてやる、と思ったが、さすがに神様の前では自分の合格祈願を優先しておいた。

それが今や、可愛い女の子二人と一緒に、遊園地のコーヒーカップなんかに乗ってキャーキャー言ったりしている。根津君の言い種じゃないけれど、俺ってひょっとして熊からリア充へ劇的な進化を遂げたのかと、恐れおののくような、調子こいてるような、そんな感じだった。

だけどそんな浮かれた中でも、少し気になることがあった。徹子が常に、一歩引いてしまうのだ。ジェットコースターみたいに、二人並びのシートだったりすると、必ず、「メグは怖がりだから、一緒に乗ってあげて」と背中を押されてしまう。「私は大丈夫だから」と。

徹子は昔から、こうだった。自分ちで、お姉ちゃんだからといつも弟に譲っているのを、ナチュラルに外でもやっている。思えば受験の日にさえ、そうだったのだ。

三人という数字も良くないんだろう。二で割りきれないから、余りが生じる。女子二人に男一人なんだから、その余りは常に俺であるべきなのに、徹子がさっと引いてしまうから、どうにもおかしなことになる。メグミちゃんはもじもじしてるし、俺だってなんだかもやもやしてしまう。

それで俺は何度目かに、今度は俺の友達も連れてくるよと宣言し、根津君に声をかけた。詳細を聞いた彼は最初、ものすごく変な顔をしていたものの、「ついに……ついにこの日が……」なんてぶつぶつ言ってたから、別に嫌ではなさそうだ。

待ち合わせ当日、根津君は決めまくって現れた。私服姿を初めて見たけど、全体をモノトーンでばっちりコーディネートしている。靴下だけが、やたらと派手だ。惜しいことに、格好いいシャツの裾から、白いシャツがぞろりと見えていたから、「おい、下着が見えてるぞ」とこっそり教えてやったら、「これはこういうふうに着るもんなの」とむっとされた。

「それじゃ、そのベルトがだらんと垂れてるのも？」

「これがお洒落なの」憤然と、根津君は言い、「これだから脳まで筋肉の熊は……」なんてぶつぶつつぶやいていた。

ともあれ、四人という数字は実に座りが良かった。食事なんかの四人席にも、男女別で座れるし、二・二になるときにも、男チーム女チームとか、同じ中学出身者同士とかで分かれることができる（前者のときには根津君が露骨に不満そうだったけれども）。

男二人で飲み物を買いに行ったとき、根津君は妙にしみじみと言った。

「林さんは、やっぱりすげーよ。嫌な顔ひとつしないで、普通にしてくれる」

「へ？」俺は首を傾げた。「普通の何がすげーわけ」

「おまえはちっともわかってないよ」やれやれとばかり、根津君は首を振った。「俺は中学で、すげー地位が低かったんだぞ。マジ、最下位だったんだぞ。女子なんて、男共と一緒になって俺を下に見るか、可哀相なやつを見る目で見るか、でなきゃ完全無視か、ほぼそんなんだったんだぞ」

　突然の哀しいカミングアウトに、俺はしばし言葉を喪っていた。すると相手はこっちをちらりと見て、ふんと笑った。

「そういうのはさ、別にいいんだよ。あのさ、俺のじいちゃんは惚けちゃって、今、ホームにいるんだけどさ。いるんだよなあ、ムカつく女が。ほらほら、おじいちゃん、こぼしてますよー。お口ふきふきしましょうねーとかってさ、まるで幼稚園児に話しかけるみたいなやつが。うちのじいちゃん、テメーの何倍生きてると思ってんだよってさ。でさ、二年のときだったか、同じクラスにいたんだよ。施設の女とそっくりな笑顔で、俺に話しかけてくるやつが。妙に優しくて、妙に親切でさ、ありがたいよりむしろ、気持ち悪かった」

　すごい早口で熱弁するが、ずいぶんなこじらせっぷりである。そんな言いようをされたのでは、親切な女子が気の毒だ。施設の職員である女の人も。

　根津君の言い分は、気持ちはわからなくもないけれど、だいぶ理不尽で乱暴だ。認知症の人は、時に子供のようになってしまうという。いつかの、雪道で転んだおばあちゃんもそうだった。ならばその施設職員の、子供に対するような語りかけは、当事者にはむしろ心地よいのかもしれない。クラスの女子だって、皆が一人を小馬鹿にしているような空気の中で、親切に振る舞うことはどれほど勇気がいることか。

「……その女の子は、少なくともおまえに好意があったんじゃないの？　恋愛的な意味じゃなくてもさ」

そっと言ってみたが、根津君は口をへの字に歪めた。

「好意なんて、そんな畏れ多いもんはいらねえ。ただ、普通に、他のやつらへと同じ態度で接してくれるだけで、それだけで充分、俺は嬉しかったんだ。普通の、別に仲がいいわけでもないクラスの男子に対する態度ってやつ。それでいいんだ……それが、いいんだ。だから俺は……」

言いかけて、根津君は終いを飲み込んだ。

だから林さんが好きなんだ、とは言ってしまいたくないのだろう。そんな、キラキラしすぎて、それ故ちょっと安っぽい言葉で片付けてしまいたくなかったのだろう。

俺も黙ってうなずいた。

そうか、と思う。悪意よりも、好意よりも、普通がいいんだな、根津君は。

長い列に並んで、ようやく買えた飲み物を抱えて戻ると、徹子とメグミちゃんが、よく似た仕種や言葉で、恐縮の意を伝えてくれた。それを見て、なるほどなあと思う。この二人の内面には確かに、よく似た部分があるのだ。だからこそ、通じ合えるものがあるのだろう。

四人で遊ぶようになって数回が過ぎた頃のことだ。帰りに二人きりになったとき、徹子がひどく言いにくそうに聞いてきた。

「あの、もしかしてだけど、メグと根津君とをくっつけようとか、してる？」

「え、なんでそう思うんだ？」

そう聞き返すと、徹子は困ったような顔をした。だから代わりに言ってやった。

「一緒に座らせようとしたり、二・二で分かれるときに二人が一緒になるように言ったから？　だけどそれって、徹子が俺とメグミちゃんに対してしてきたことだよね」

「……それは……」

とつぶやくように言ったきり、徹子は黙り込む。

「徹子は俺とメグミちゃんをくっつけたかった？」

重ねて言うと、やがて徹子は「ごめんなさい」と謝ってきた。

「なぜ謝るの？」とは聞かなかった。その答えは、絶対に言わないだろうから。

根津君にとってメグミちゃんは明らかに特別で、だから俺の行為はお節介ではあっても、一応の正当性はあった。だけどメグミちゃんはあくまでも〈普通〉だった。根津君に対してだけじゃなく、俺に対しても。なのになぜ、徹子が余計な気を回してくるのか。最初っから、不思議でならなかった。まあ、徹子の言動が不可解なのは、今に始まったことではないのだが。

ともあれ、それ以降、徹子からのお誘いは、ぱたりと止んでしまった。根津君ががっかりしているかなとも思ったけれど、意外とそうでもなかった。

「――ま、こんなもんだべ。女子は気まぐれだからな」と例の口調で言ってから、シニカルに笑っていた。

9

市の総合体育館には、あまりいい思い出はない。中学のとき、柔道の公式試合に出場できたまではいいが、初戦であっさり負けてしまった。相手が強かったとか、昔怪我したところをまた傷めてしまったとか、ぐちぐち並べ立てるのも言い訳がましいからやめておく。

高校に入ってからは選手層が分厚かったこともあり、三年生になってようやく地区大会に出場できた。結果は二回戦負け。中学のときよりはいくらかマシだけれど、しょっぱい結果に変わりはない。

しかし今日、この日ばかりは、その場所は俺の記憶とはまるで違っていた。体育会系の連中が寄り集まって、汗臭くも熱気溢れる闘いを繰り広げるなんてことは一切ない。怒号みたいな声援も、勝利の歓声も、敗北の屈辱もない。代わりに、華やかな着物姿の女の子達が、あちこちでひとかたまりになって、はしゃいだ声を上げつつ、写真を撮り合ったりしている。ついでにスーツ姿の野郎共も、同じく。

毎年この日は、総合体育館で成人式が執り行われるのだ。

地元の駅も電車の中も、そして会場のある駅も、晴れ着の女の子達の姿で溢れていた。みんなすごく華やかで、嬉しそうで、いい感じ。翻って男共の、似合ってもいなければ華やかさのかけらもない黒スーツよ。俺とて、人のことは言えないけれど……。ネクタイがうまく結べなくて、何度もやり直したけれど、苦労も手間も、所詮その程度のものでしかない。大学の女の子達は、まだ真っ暗なうちから着付けしてヘアメイクしなきゃいけないから大変なんだと、まるで威張るみたいに力説していた。帯は苦しいし、式まで時間がありすぎるから、食事や何かで着物を汚さないように、そして着崩れたりしないように、気を遣わなきゃならないからほんと大変大変と口々に言っていた。着物はレンタルでも三十万、買えばその倍から上は天井知らずなんだそうな。

その点男は安上がりだし、楽でいいわよねえと、何だか見下すように言われた。確かに、こと成人式の衣装にかけては、手間暇も、かけるお金も、文字通り桁違いなんだろう。

だけど素朴な疑問というか、提案として、「そんなにあれこれ大変なら、お洒落なワンピースとかでもいいんじゃね？」と言ったら、馬鹿かこいつは、という目で見られた。

「男にはわかんないのよ、成人式の着物は一生に一度の女の子の夢なのよ」と口々に攻撃されて、ほうほうの体で逃げ出したものだ。

今、会場までの道のそこここを、ひらひらと歩いて行く女の子達は、まるで蝶々みたいに華やかだ。対して合間をぽつりぽつりと歩く男共ときたら、アリンコみたいな地味さである。俺が着ているのは、入学式はもちろん、葬式だの就活だのにも使い回すようにと親から買い与えられた代物である。一応一張羅だし、家を出るときには、「馬子にも衣装ね」と背中を叩かれたものだが、晴れ着の女の子達の主役感に引き替え、こちらのモブ感ときたら笑えるほどだ。まるで海老フライに添えられたパセリみたいな存在である。

だが、会場に着いてみたら、男でもやる気に満ちた衣装のやつもいた。ど派手な羽織袴を着用し、髪の毛はサイドを刈り上げ、明るく染めたトップをつんつんに立たせている。ヤンキーさんである。特攻服を着た後輩と思しき連中を従えて、「成人式」と書かれた看板の前を占拠して、記念撮影に余念がない。こういうの、沖縄や九州あたりでは多そうだけど、うちの地区ではざっと見回した限りでは彼らのみで、だからひときわ目立っていた。

本日の主役、あご鬚を貯えたヤンキー氏は、同級生の嫁さんらしき女性と共に、にこやかにポーズを取っている。女性は振り袖を着崩して、何だか極道の妻みたいだ。後輩達は甲斐甲斐しく、一升瓶だの唐傘だのの小物を差し出しては、色んなパターンの写真を撮影している。一番衝撃的な小物は（そして二人が夫婦だと判断した理由は）、二人の腕にそれぞれ抱きかかえられた赤ん坊だった。大きさと育ち具合が微妙に違うから、きょうだいなのだろう。感に堪えないと言ったら大袈裟だろうか。だが、こっちが彼女の一人も作れずにいる間に、彼は奥さんどころか二人の子供まで作ってしまったわけで。何という濃い人生を送っているのかと、感心してしまう。

――別に今の自分が薄くてスカスカだ、なんてことは思わないけど。

少なくとも彼らにとっては、今、この瞬間がまさしく晴れ舞台であり、最高なんだろう。あんなに必死になって、写真という形で残しておきたいくらいに、大切な時間なのだろう。しみじみ、思う。人間とはなんて愛すべき生き物なのだろう、と。

あまりに感慨深い光景に、思わずしげしげと観賞していたら、ヤンキー氏から「あ？」とお約束みたいにメンチ切られてしまった。それへ優しく微笑み返し、俺はその場を離れる。良いものを見せてもらった。

まだ開会までは時間があったので、ロビーをうろちょろ見て回る。市内の各小学校、中学校のコーナーがあり、行事ごとの集合写真が掲示されていた。どれどれと出身校を探すうち、その掲示板の前で立ち止まっている人影を見つけて、どきりとする。

徹子だった。

瞬時に俺の内部で、シュワシュワした清涼なものが立ち上る。まるでラムネの瓶でも開けたみたいだ。

徹子の横顔の輪郭を、一度視線で辿ってから、俺はさも何でもなさそうに声をかけた。

「よお。おまえも来てたんだな」

徹子はまるで呼ばれるのがわかっていたみたいにノーリアクションで振り返り、にこりと笑った。

実を言えば、徹子と会うのはずいぶん久しぶりだった。遠方の大学に進んだ俺は、現地でやっているアルバイトの関係で、長期休暇もろくに地元に帰らなかった。親に、さすがに年末年始くらいは帰れ、ついでに成人式にも出て行くといいと言われ、そういや徹子は式に来るだろうかと考えた。それを見透かされたみたいに、オフクロは「徹子ちゃんと一緒に行けばいいじゃない」と言っていた。

女子には色々準備とかがあるだろと言い返し、俺は誰とも約束せずに会場にやってきた。高校ではスマホを持っていなかったから、地元を離れた今、気軽に連絡できる人間もほとんどいない。根津君は校外ではメグミちゃんがらみ以外で会ったことはないし、そもそも他の市出身だ。

　ここには小中同じだった連中も足を運んでいるはずで、だから一人一人すれ違う度に一応、気をつけてはいた。けれど不思議なくらい、知り合いに出会わない。もしかしたら同じクラスだったやつがいたのかもしれないが、何しろもうずいぶん顔を合わせていない。特に女子は、これだけバッチリヘアメイクを決められてしまったら、もはやそれとわかる自信はまったくなかった。下手をすれば、家が近所で高校まではわりと見かけていた徹子でさえ、気づかず通り過ぎてしまうかもしれない……そう感じ始めていた。

　それくらい、女の子達の振り袖姿は、圧倒的な「ハレ」であり、非日常そのものだった。プラス方向にとは言え、不安になるほどの逸脱だ。見た目の力とはこれほどまでにすごいのかと感心してしまう。そりゃ、女も、男の何割かも、お洒落に躍起になるはずだ。

　だけど掲示板の前に佇(たたず)む徹子を見て、意外なような、けれど妙に納得するような、さらにはちょっと安心するような、複雑な気分になった。彼女は振り袖を着ていなかったのだ。ただの、女性用の黒いスーツを着た徹子は、以前と少しも変わらない平坦な口調で、「久しぶり」と言った。ああ、徹子だなと思った。

「スーツ、いいな」

　思ったまんまを口にする。

「入学式もこれ、就活もこれでオッケー。万一のときにはお葬式もこれでギリオッケー」

おどけた口調で徹子が言い、「一緒一緒、マジコスパ最高ー」と俺も笑う。少々距離や時間が空くことがあっても、こうして同じ場所に立ちさえすれば、一気にかつての空気が戻ってくるのが幼なじみのいいところだ。

「見て見て、護、ここにいるよ」徹子は掲示板の集合写真を指差した。「この写真も、こっちも、護はすぐに見つかるよ。まるで灯台みたいに目立ってる」

「まあ、俺はずっとデカいからなあ……だけどおまえもわりかしすぐに見つかるぞ」

それはまったくの事実だったにもかかわらず、徹子は目の前でパタパタと手を振って、「私なんて地味だし」と笑い、「あ、でも確かにこの頃は悪目立ちしてたかも」とつけ加える。こうやって、ちょいちょい自分を落とすのが、徹子の悪い癖だと思っていたが、今もそれは直っていないらしい。

男でも女でも、よく「自分なんてどうせ○○だから」みたいな言い方をする人間がいる。あたしはどうせブスだから、とか、俺なんてどうせ馬鹿だしーとか、まあ大概の場合、「そんなことないよ」という言葉を相手から引き出したい本音が透けていたりもするのだが、俺みたいな口下手（くちべた）はいつも返事に窮して困る。本当に相手の言う通りであっても、そうじゃなかったとしても。こちらが何を言ったとしても嘘くさい、取って付けたようだと思ってしまう。

　徹子の場合はまたちょっとニュアンスが違っているようにも思うのだが、返答に困るという意味では同じだ。

「そういや、徹は元気？」

　不器用かつ唐突に話題を変えると、徹子はあのへにゃっとした笑顔を見せた。

「うん、相変わらずだよー。あ、そろそろ時間だね。会場開いたみたい」

　皆が一斉に、メインアリーナの入り口に向けて移動を始めていた。その流れに乗って並ぶと、入場時、ドア脇に立っていた職員らしい人から、「おめでとうございます」とA4サイズの手提げを手渡された。市の名前がローマ字でプリントされていて、中に式次第や何かが入っているらしい。

　場内にはどこに座ってもいいフロア席と、出身中学別の二階席とが設けられていた。

「二階に行く？」と聞いたら、徹子は「一階の方が舞台に近いから見やすくない？」と言って、さっさと歩いて行く。そこで選んだのが、前の方ではあったけれど左の端っこで、なんとなく徹子っぽいセレクトだなと思う。

　まもなく始まった会は、事前公募で集まった新成人による仕切りで、「偉い人の挨拶は極力短く、その分楽しいイベントに時間を配分する」という大変けっこうな仕様になっていた。

地元出身のアナウンサーを司会に、やはり地元出身のマジシャンによるマジックショーだの地元に関するクイズ大会だの、エンタメ寄りの構成になっていて、そこそこ面白かった。

トリは地元出身の男ばっかりのロックミュージシャングループで、いきなり「新・成人・オメデトー。盛り上がっていこーぜー、イエー！」とかなんとかマイクで絶叫した。そちら方面にはとんと疎いから、初めて見る顔だったけれど、どうやら会場の大半にとってもそうだったらしく、全体的にはさほど盛り上がってはいなかった。

大音量の音楽に混ざって、どこからか赤ん坊の泣き声がする。そりゃー、この大きな音と振動じゃ、赤ちゃんもびっくりしちゃうよなあときょろきょろしていたら、傍らから徹子が強く肩を叩いてきた。

「護、あれ。大変」

え、とその指差す方を見上げて、何か考えるより先に体が動く。

暗くてわかりにくいが、二階席で複数の男が揉めている。何事か怒鳴り合っているようだったが、そのほとんどは、大音量の音楽にかき消されていた。

手すりギリギリのところで、こちらを向いて身を乗り出しているやつがいるのがわかる。伸ばした両腕に何かを掲げていて、ぎょっとしたことに、それは赤ん坊のように見えた。泣き声は、明らかにそのあたりから聞こえてくる。

と思った次の瞬間。

空から赤ん坊が降ってきた。

10

俺は咄嗟に、腕に抱えていたコートを広げ、突進した、らしい。後から徹子に聞いた話で、俺自身はただただ、無我夢中だった。

気がついたとき、俺はヘッドスライディングみたいな格好で床に腹ばいになり、伸ばした両腕で必死に浮かせたコートの上では、赤ん坊がじたばたと手足を動かして泣きわめいていた。

ライトは舞台上に集中しているため、客席は薄暗く、音楽は大音量で流れ続けていたから、事態に気づいたのは周辺のごく一部の人間のみだった。

二階席を見上げると、手すりから身を乗り出した男女がわあわあ言っていたので、赤ん坊を抱いたまま出口の方を指差した。確か二階席への階段は扉を出て右手にあった。当然俺もそっちに向かう。徹子もついてきて、両手のふさがった俺の代わりにドアを開けてくれた。

外へ出る瞬間、徹子が耳許に顔を近づけて言う。

「護、やったね。本当にすごい！」

珍しくはしゃいだ感じの徹子の声が耳をくすぐる。

ドアは背後でまた閉まり、音楽はまだジャンジャン聞こえてくるものの、何とか会話はできる状態だ。二人で赤ん坊をためつすがめつしてみたが、どうやらどこにも怪我はなさそうだった。

そこへヤンキーの一団が、大騒ぎしながら階段を下りてきた。何となく予感していたが、表の看板前で大変熱心に撮影会をしていたあの一家と、その後輩達であった。

赤ん坊を抱っこしたまま階段下で待っていると、もうひと回り大きい子供を抱いた父親が、何やら雄叫(おたけ)びを上げながら近づいてきた。無理もないが、羽織袴で子供ごと転げ落ちたらどうするよと、はらはらするような慌て振りだった。無事に下りたのを見届けて、少し遅れて下りてきた奥さんの方に赤ん坊を手渡した。もともと崩し気味に着ていた着物が、足許がすっかりはだけてしまっている。バッチリ決めていたメイクも、涙でぐちょぐちょだ。わんわん泣きながら、お礼みたいなことを口走っている。赤ん坊もまだ泣いているし、父親の方は相変わらず何事かわめいている。だいぶカオスな状況だ。

警備員や市の職員と思しき人達が、すわヤンキー同士のトラブルかと近づいてきた。

「いや、なんでもないです、大丈夫です」「子供が泣いちゃってー」などと言いながら、ぞろぞろと移動した。大事件になるところだったとはいえ、結果的には何事もなかったのだから、面倒事を避けたいのは皆同じだ。成人したとはいえ、スーツ姿や制服姿の大人が苦手なのは、ヤンキーでない俺とて似たようなものだ。

人気のない自販機コーナーに落ち着くと、金髪のヤンキーが、いきなりその場で俺に向かって土下座を始めた。

「すいませんっしたー」額を床にこすりつけるようにしながら、彼は言う。「自分、本気で落とすつもりじゃなかったっす。ちょっと脅すだけっつーか、軽いノリっつーか、なのにそっちの人がすごい勢いで来るから、バランス崩して……」

「あ？　こっちのせいかよ？」

パパヤンキーがすごむと、金髪の方も顔を上げ、くわっと目を見開く。

「そもそも最初に俺の脚を蹴ったのは、そっちだろーがよ。テメーが謝りもしねーからっ」

「つっても、暗かったんだからしょーがねーだろ」

「一言謝れっつってんだろーがよ」

金髪が立ち上がり、二人でガンを飛ばし合っている。

どうもそれが原因で、小競り合いに発展してしまったらしい。

「それで人の子を殺しかけんのかよ、ああ？」とまた、一触即発の気配である。

仕方なく、睨み合うヤンキー達の間に、まあまあと割って入った。

「こうして赤ちゃんも無事だったんだし、せっかくの成人式だし、これで終わりにしない？」

争っていたヤンキーは、はっとしたように罵り合いをやめ、二人揃って頭を下げた。

「ほんと、すいませんっしたー。成人するなりヒトゴロシになるとこっしたー。マジやべー」

「ざっけんなよ、やべーとかいうレベルかよ。おまえ、危うく死刑になるとこだぞ。こちらのアニキに感謝しとけよ」

「あざーす。アニキ、マジぱねえっす」

いつの間にかアニキ呼びだだが、おまえら俺と同学年だぞと言ってやりたい。

マジやべーとか、マジぱねーとか言いながら、二人のヤンキーがこちらに頭を下げたり言い争ったりしている間、徹子は赤ん坊のお母さんに声をかけていた。母親の胸に抱かれて安心したのか、赤ん坊はもう泣き止んでいた。

ママヤンキーが旦那に声をかけ、赤ん坊は徹子の腕に受け渡された。女性二人で子供を一人ずつ抱っこして、どこかへ行こうとしているから聞いてみると、振り袖の着付けを直してくれるコーナーがあるという。

「このままじゃ帰れないしね。せっかくきれいな着物を着てきたのに」と徹子が笑い、泣き止んでいたお母さんも笑って言った。「それにそこならきっと、子供を休ませたり、ミルクあげたりもできるし。どこかぶつけてないか、見なきゃだし」

　男共がひたすらうるさいだけなのに引き替え、女の人はさすがである。

　ヤンキー集団の中に一人取り残された俺は、改めて感謝や謝罪の言葉を受け取り、ジュースをご馳走になり、向こうが自己紹介してくるのでこちらも名乗り、気がついたらアドレス交換までしていた。

　鬚のヤンキーパパの名前は高倉正義という。奥さんは弥子ちゃんだそうだ。金髪の方は大城健治という名前で、彼らは皆、同じ小学校の卒業生だった。例の揉め事は、知り合い同士ではしゃぎすぎた結果であるらしい。

「……おまえら馬鹿だろ。ほんと、徹子が気づかなきゃ、どうなってたか……」

　思わずキツい言い方になってしまったが、高倉も大城も、濡れた子犬のようになりながら「すんません」と神妙に頭を下げてくる。意外と素直なのかもしれない。

　メインアリーナでは相変わらず、地元出身のミュージシャンがジャカジャカと大音量で演奏していた。今さら会場に戻ってもなあと考えているうちに、赤ちゃんを抱いた徹子と弥子ちゃんが戻ってきた。

「ねーねー、向こうでタイムカプセル手紙を返却してたよ」

弥子ちゃんの言葉に、高倉は「なんじゃそれ」と応じる。

「ほら、憶えてない？　十歳のとき、二分の一成人式とかってイベントあったでしょ？　あん時書かされた作文だよ。ハタチの私へってやつ」

ああ、なんかあったなあ、そういうの。

「いやそんなん、クソいらんわ」

高倉が皆の気持ちを代弁してくれた。他の連中がうんうんとうなずく中、徹子が言いだした。

「あ、でも私、もらっておこう。その手紙、今日取りに来なかった人の分は後日実家に郵送されるみたいよ。うちの親、勝手に開けて読むタイプだし」

その言葉に、その場の皆に動揺が走った。

「……やるな、うちのオカンは絶対やるな。なんなら家族みんなの前で、朗読するな」

ものすごく嫌そうに高倉が言い、何人かがこくこくとうなずく。確かに親というものは、特に母親は、まったく悪気なしにそういうことをやらかす恐るべき生き物である。しかも、十年前の自分が何を書いたか全然憶えていないものの、今読むと赤面ものの、夢いっぱいのポエムだったりする危険がかなりある。そんなものを食卓で朗読されたら、たまったものじゃない。

妙に一致団結し、ぞろぞろとタイムカプセル手紙の返却コーナーに向かった。卒業校ごとにスーツ姿の中年女性がスタンバってくれている。それぞれの小学校のＰＴＡの人達らしい。招待状を見せて名簿をチェックし、束になった封筒の中から探してくれ、「おめでとうございます」の言葉と共に手渡された。即座に隠滅しようと決めている身としては、申し訳ないような丁寧さである。

「タイムカプセルっつっても、ただの封筒じゃん」

「そりゃー、しょうがないでしょ。公立校ならこんなもんだよ」

等々と言いつつ、皆は手にした茶封筒を配布された手提げにしまった。この会場でうっかり捨ててしまうと、レスキューされてしまう危険があるからだ。

そうこうするうちにメインアリーナの演奏は終わり、プログラムは閉会の辞に移行しているらしかった。

「そんで、お二人はこの後、何か予定あるんすか？」

高倉が、鬚面に人なつっこい笑顔を浮かべて聞いてきた。

「いや、まあ、そろそろ帰ろうかなと」

「んじゃ、俺んち寄ってってよ。いや、俺んちって言うか、実家の事務所なんすけど、ほんとすぐそこ、歩いて五、六分の近所だし、軽く皆で打ち上げするんで、お礼と言ったらなんすけど、な？」

傍らの奥さんに同意を求め、弥子ちゃんも「マサヨシ、いいこと言った！　ね、おいでよ、徹子ちゃん」と熱心に誘ってくれる。

徹子次第だと思って見やると、こちらは特に迷いはなかったらしく、「うん、じゃ、ちょっとだけ」と即答だった。それなら俺にもいなやはない。

徹子はたぶん、そんなに友達は多くない。交友関係は、かなり受け身で、自分から誘ったりなんてことはまずないのだ。

自分なんかが誘って迷惑じゃないか、とか、忙しいのに悪い、とか、まずそういうことを考えてしまうんだろう。だから、なかなか関係が広がらないし、深くならない。中学の頃みたいに、困った相手から一方的に好かれて、向こうの都合だの希望だのを押しつけられた経験からも、人間関係には臆病になっているのだろう……あんな連中と、徹子が同じであるはずもないのに。

林恵美ちゃんはおとなしいけれども情が深くて人なつっこい。徹子に純粋な好意を寄せている様子は、傍から見ても微笑ましかった。弥子ちゃんも、恵美ちゃんみたいに、徹子の大切な友達になってくれればいいのになと思う。徹子は明らかに、弥子ちゃんとその子供達をすごく気に入っていたから。

と言っても、他人が見てもそうとはわからないだろう。徹子は感情表現もごくごくフラットだから。なんだかんだで二十年近く見てきた俺だからこそ理解できる、ほのかな喜びだとかうきうきだ。

人生の節目のこの日、徹子の珍しい表情に立ち会えたことに、やっぱり俺もふわふわと浮き立つような思いだった。

11

高倉の実家は、総合体育館からほど近い場所にある工務店だった。高倉自身もそこで働いているそうだ。事務所では、〈タイムカプセル手紙が届いたら、勝手に開封して、あまつさえ朗読しかねない〉オカンが、長机にケータリングの食べ物や飲み物を並べて待っていた。うちの母親より、確実に若く、そして目にすごみというか力がある。この人も、その昔はバリバリのヤンキーだったのかもしれない。

「正義にこんなまともなお友達がいたとはねえ」と俺と徹子を歓迎してくれた。高倉には、例の〈事件〉のことはオカンには内緒なと言われている。

「あの、森野さんってもしかして高校、晴喜高校っすか？　柔道部とか？」

なぜかちゃっかり混ざっていた大城に言われ、驚く。

「え、なんで知ってんの？」

「ああ、やっぱりだー。ヒグマとか熊殺しとか呼ばれてましたよね」

「いや、呼ばれてねーよ、そんなん」

「いやー、けっこ噂になってたっすよ」

誰が流したんだ、そんな噂。何となくだけど、根津君が怪しいように思う。ろくな成績も残せていないのに、捏造にもほどがある。

男連中がわいわいしゃべったり、呑んだり食ったりしている傍らで、徹子も弥子ちゃんとにこにこ笑いながら何か話していた。どうやら本当に気が合っている様子だが、それにしても見た目が対照的な二人である。あの二人が同じ学年だというのも、何だかすごく不思議な気がする。それを言うなら、俺と高倉もだろうけど。

同じ日に成人式に臨んで、だけど片や子供が二人もいる父親、とか。俺は親のスネをかじっている大学生で、あいつらはちゃんと仕事をしていて鬚なんて貯えてて。今日のための衣装だって、がんばって貯金して揃えたんだそうだ。

「コテツとリュウジが大きくなったら、今日の俺らの写真を見せて、どうだ、父ちゃんカッケーだろって見せようと思ってさー」

酒で赤くなった顔を綻ばせて、ヤンキーパパはそんなことを言っていた。

どうでもいいが、みんな普通に酒を呑んでいる。成人式を迎えてはいても、二十歳の誕生日はまだのやつって、いるんじゃないか？　少なくとも、後輩連中は確実に未成年だよな……とは思ったけれど、本当にどうでもいいことだった。内輪の席なんだし、まあヤボな突っ込みだろう。

彼らの多くは高校を出て、既に社会人になっている。ハタチで分けられている決まり事が、彼らにとって意味や説得力があるとも思えない。

色んなハタチがいる。色んな生き方がある。人の数だけの価値観があり、幸せがある。ヤンキーにはヤンキーの流儀があるし、徹子のそれも、俺のそれも、それぞれ違っているのだろう。

ひとしきり、勧められるままに呑み食いさせてもらってから、俺は今日中に下宿の方に帰らなきゃならないんで……と立ち上がる。それを見て、徹子も抱っこしていた赤ん坊を弥子ちゃんに渡し、一緒に席を立った。

「こっち戻ったときは、絶対連絡しろよ、相棒」

高倉が、まるで体当たりするみたいな勢いでがしっと抱きついてきた。もういい加減、酔っ払っている。そしてついには相棒扱いだ。

傍らでは徹子も同じように弥子ちゃんから抱きつかれていた。スキンシップが過剰で情の深い、似たもの夫婦であるらしい。間に挟まれた赤ん坊が、じたばたと手足を動かしていた。

駅までの道すがら、二人並んで歩きながらぽつりぽつりと話をした。

「赤ちゃん抱っこしたの、久しぶり。可愛かった」

弾んだ声で徹子が言い、「そうか、徹以来だな」と俺はうなずく。歳の離れた弟がいるから、徹子は赤ん坊の扱いには慣れているんだった。

「徹は元気か？」

そう尋ねてから、同じ質問を既にしていたことに気づく。徹子はそれを指摘することなく、あのへらっとした笑いを浮かべながら、「うん、相変わらず甘えんぼだよ」と言った。

もともと俺はそんなに口数が多い方じゃない。そしてそれは徹子も同じだった。

久しぶりに会う徹子に、聞いてみたいことがなかったわけじゃない。

彼氏はできたのか、なんて軽い（軽くもないか）話題から、卒業後はどうするつもりなのか、なんて真面目な話題まで、いくつかの質問が頭を過る。徹子がどうして一人きりで成人式にやってきたのかも、少し気になっていた。男も女も、大多数は友達同士で、でなけりゃ家族と会場を訪れていた。

お母さんと来れば良かったのに。なんなら徹と、それに休みなんだからお父さんも来れば良かったんだ。市民なら誰でも自由参加の集いなんだから。

俺は男だから、親と成人式なんてちょっと気恥ずかしいけど。もともと参加予定でもなかったし、高倉達みたいに、熱い思い入れがあるわけでもないし。

だけど、ふと思う。

写メでも撮ってやりゃ良かった。高倉達がやってたみたいに、「成人式」と書かれた看板の前で、すまし顔をした徹子の図。俺も一緒に並んで、ツーショットを撮ったりして。高倉に頼めば、きっと快く撮ってくれただろうに。あれだけ記念写真にこだわっていたやつだから。

今さらながら、ちょっと悔やむような思いだった。

別に、成人式なんてただのイベントだし。俺自身、どうしても参加したかったわけじゃない。

ただ、久しぶりになじみの顔も拝めるかもしれないと、それくらいの軽い気持ちで……。

そしたらたまたま、徹子に会ったわけで。

駅に着いたら、壁に「成人の日おめでとう」と書かれたポスターが貼ってあった。

「徹子。写メ撮ろうぜ」

思い切ってそう提案する。

した。

「え、ここで？」

「そ。何つーか、成人式の記念写真」

まず徹子を一人立たせて一枚。次いで、二人でポスターの前に立ち、腕をいっぱいに伸ばして自撮りする。後でそっちのスマホに送ってやるよと言って、徹子のアドレスをゲットした。

「今日は面白かったな。空から赤ん坊が降ってきて、ヤンキーの友達ができて」

俺はきっと、今日という日をずっと憶えていることだろう。

徹子もそうだったらいいなと、思った端から徹子は言った。

「うん。ほんと、最高だった！」

おっとこれは珍しい、満面の笑みだ。できれば写メに撮っときたいような。

記録には残せなくても、記憶には残る。絶対に、残る。

裏も表もなくて真っ白で、ひたすら滑らかで真っ平ら……やっぱり、相変わらずの徹子で、その変わらなさが嬉しかった。

そのまま下宿先に戻る俺は、駅のコインロッカーに預けていた荷物を取りだした。自宅に帰る徹子とは、逆方向なのでもうここでお別れだ。

「それじゃ、気をつけてね」

「おう。また帰省したときには、一緒に呑みに行こうな」そう言ってから、つけ加える。

「ほら、高倉夫婦とか誘ってさ」

「うん、行こう行こう」

とても軽やかに、弾む口ぶりで徹子は言った。


帰りの新幹線で、運良く隣の席も空いていたので、無茶苦茶に突っ込んできた鞄の中身を整理することにした。成人式の会場で配っていた布の手提げから、式次第や何かを取りだす。一番下にぺらっとした封筒を見つけ、そうだそうだと思い出す。

俺のことだから、ろくなことを書いていないんだろうなあと封筒を裏返したら、そこに書いてあった名前は「平石徹子」だった。

――やっべ、高倉のところで荷物置いたときに、間違えて持ってきちまった……。

中身は同じなんだからと、適当に選んでしまった気がする。それどころか、もう一つを徹子にほいよと渡してやった気さえする。

慌てて徹子にメールする。

しばらくして、返信があった。

〈別にいいよ、捨てちゃって。護のはどうする？　お母さんに渡しておこうか？〉とあっさりしたものだ。

〈親は勘弁。どうせろくなこと書いてないし、絶対勝手に読むし。俺のも捨てて〉

〈了解〉

メールのやり取りはそれで終わった。それから、おっと忘れてたと追加でさっき撮ったばかりの写メも送ってやる。すぐに、〈ありがとう〉と返信が来た。そうだろうなとは思っていたけれど、徹子はメールの文面がすごく簡潔なタイプだ。俺もそうだから気持ちはわかるけど、もうちょっと何か……とは思う。

ほっとひと息ついてから、俺は手許の茶封筒をしげしげと眺めた。本当に、タイムカプセル感ゼロの、味も素っ気もない事務用封筒である。だが問題は封筒ではなく、その中身だ。徹子はいったいどんなことを書いたんだろうと、無性に気になったのだ。

何しろ封もされていない封筒だ。

捨てちゃってと言っていた。だが、読まないでとは言われていない。読んでもいいかとメールしたら、まず間違いなく〈別にいいよ〉と返ってくるだろう。あいつは人の、「こうしてもいい？」という類の希望とか要請だとかを、よほどのことがない限り拒否しないから。

それがわかっていてメールするのも、付け込む感じがしてなんだか嫌だ。だけど、読みたい。

しばしの葛藤の末、俺は好奇心に負けて中の手紙を引っ張り出した。白い紙に、徹子のあの几帳面な文字が並んでいた。

十年後のわたしへ

お元気ですか？　わたしは元気です。

わたしのことはわたしがいちばんよくわかっているので、カレシがいるとか、おしゃれして楽しくあそんでいるとか、そういうことはぜんぜんないことを知っています。ふつうに、まじめにがんばっていることをしっています。ぜんぶわかっているので、そんなに書くことはありません。だからゆめの話をします。

きのう、とてもふしぎなゆめをみました。黒いマントをきた、まほうつかいのおじいさんが、つえをふってまほうをみせてくれました。そこはまほうの国で、ドラゴンが空をとび、ゆうしゃがなかまを作ってぼうけんのたびに出たりするのです。みんなふしぎでおかしなふくをきて、きれいなおひめさまや、外国の人たちが出てくる楽しいゆめです。まるでゲームみたいでしょう？

十年後のわたしが見ている未来が、みんなしあわせでありますように。みんなのしあわせを、たすけられるわたしでありますように。

一読、なんだこりゃと思う。剣と魔法のファンタジーか。当人も書いているように、まるでゲームの世界だ。夢いっぱい、というよりは、まんま夢の話か。徹子がこんな、キラキラふわふわした女の子っぽい夢を見るなんて、意外なような、少し安心するような思いだった。

俺は十年前に書かれたその手紙を、反芻(はんすう)するように何度か読み返し、そしてなぜだかちょっと泣きそうになった。

12

就職してからの数年は、ただ無我夢中だった。

新入社員研修や、短期間の工場勤務を経て、おまえは声が大きくて元気がいいから、という理由で地方の営業部に配属になった。ひたすら客先をまわって頭を下げたり、接待したりの日々だった。仕事はそりゃ大変だったけど、目をかけてくれる上司も、可愛がってくれる先輩もいて、日々はそれなりに充実していた。

数年経ち、仕事にも余裕が生まれた頃、実家から通える支店に転勤になった。学生時代からずっと一人アパート暮らしだったから、今さら親許(おやもと)に戻るのもなあと少し迷ったが、結局しばらくぶりに舞い戻ることになった。一人っ子だから部屋はそのままになっていたし、大学時代から使っていた安物の家電がどれもこれも壊れる寸前だったたし、何より家賃がかからないのはありがたい。もちろん、家に生活費は入れる約束である。

時季外れで異例の異動だったのだが、先任の樺島さんという人が親御さんの介護のために急遽辞めることになり、その穴埋めとして俺が抜擢された形らしかった。

樺島さんは俺より三年先輩で、皆から〈カバちゃん〉と呼ばれていた。苗字と、鼻の穴が目立つから、という理由らしかったが、ひょうきんで気さくな人柄で、引き継ぎのために共にまわった客先からも、カバちゃんカバちゃんと親しげに呼ばれていた。一人一人に、「カバは去りますが、これからはこのクマをよろしくお願いします」などと、ユーモアたっぷりに俺を紹介してくれた。

短い期間ではあったけれども一緒に行動していて、すごくいい人だなあと思った。思ったまま本人に伝えたら、「女の子からも〈いい人〉で終わっちゃうんだよねえ……」とぼやくように言われた。

「大丈夫です。俺も今までの人生で、そんな感じでしたから。いい人っつーか、ほぼ熊扱いでしたから」と俺は、フォローになっていないフォローをしたりした。

支店の歓送迎会で、カバちゃん先輩は女性社員全員にお願いして、自分とのツーショット写真を撮ってもらいまくっていた。

「田舎に帰ったら、もうこんなきれいな女の人達と写真を撮る機会なんてないから」と自嘲気味に言い、一人一人に「ありがとう、家宝にします」とお礼を言っていた。

そうしてカバちゃん先輩が送られていった数日後、俺はプライベートな場で歓迎会と言うか、凱旋(がいせん)祝いの会みたいなのを開いてもらった。成人の日に知り合ったヤンキー友達、プラス徹子である。彼らは最初、俺達がカップルだと思い込んでいたが、その誤解が解けた後でも、誘ってくれるときにはこうしてセット扱いなのだ。俺が、赤ちゃんを助けられたのは徹子がいち早く異変に気づいてくれたおかげだと力説したから、彼らは大いに恩義を感じているはずだ。もちろん、それがなくとも徹子の人柄を気に入ってくれる連中だったけれども。

その筆頭が高倉正義、弥子ちゃん夫婦で、彼らとは、俺がいないときにも個人的に会ったりしていたそうだ。特に弥子ちゃんとは、時々連絡を取り合う仲になっていた。子供好きの徹子は、子育ての悩みなんかを聞いてやっているらしい。徹子は今や小児科の看護師なのである。

徹子がその職業に就いたとき、なるほどなあというか、すとんと納得するような思いだった。そうか、徹子は本当に、人を助けられる仕事に就いたんだな、と思った。徹子の魂は今も昔も変わらず、深い水底に沈んだ宝石のように、きんと硬く澄んでいる。

見た目の方も、それほど変わった印象は受けなかった。身綺麗(みぎれい)ではあったが、髪も後ろでまとめられるギリギリのショートで、化粧気もあまりなく、つまりは俺の知っているいつもの徹子だったから、何となくほっとした。

一方、再会した高倉夫妻の印象は、成人の日のそれとはだいぶ違っていた。あのときの出で立ちや髪型は、一生に一度の晴れ姿と張り切った結果で、普段の彼らはそこまでぶっ飛んだなりではないらしい。何しろ彼らも今や三人の子供の親なのだ。あれから下にもう一人、女の子が生まれている。

金髪ヤンキー大城も、なぜかまた、歓迎会のメンバーに加わっていた。以前と同じく頭は金色だったが、いつの間にか結婚していて、さらにはバツイチになっていた。相変わらず、俺が彼女一人できずにいる間に、ヤンキーの皆さんは密度の濃い人生を謳歌しているようだ。

「看護師さんとか、合コン行ったらモテモテじゃないっすかー？」

という大城の軽薄なセリフに、徹子は苦笑した。

「いやー、私なんか、もてないもてない。そもそも私、合コン行かないし」

「えー、なんでっすか？　もったいねー」

なんで残念そうなんだか謎だが、俺は傍らでうんうんとうなずく。別に大城の言葉に同意したわけじゃなく、徹子なら確かに合コンなんて場はきっと苦手だろうなと思ったのだ。

「合コン楽しいのになー」と大城はこの話題に固執する。「ほらほら、これ、こないだの合コンで知り合った子。幼稚園の先生だって」

嬉しげにツーショットの写メまで見せてくる。

「……半年前に離婚したばっかりだって言ってなかったっけ？」

「いや、だからっすよ。今度こそ、家庭的で可愛い子をゲットしたいじゃないっすかー。そんでこの子が美容師の……」

さらに別な子との写真を見せられ、ふと思い出す。

「そういや、この間親御さんの介護のために辞めてった先輩が、もう田舎に引っ込むし、きれいな女性とも縁がなくなるからって支店の女性全員とツーショット写真を撮っていったなあ。やっぱそういうの、嬉しいもんなのか」

「嬉しいってか、まあ嬉しいっちゃ嬉しいけど、女が料理の写メ撮ったりするのと同じでしょ」

と大城は言い、なるほどねえと俺はうなずく。

「それはきっと……」ふいに徹子が言った。「その女性達の中に、その先輩さんが好きな人がいたんじゃないかしら」

周囲から、「おーっ」とか「ありそう」とかの声が上がる。

俺は虚を衝かれた思いだった。

「……それは、考えもしなかった」

そうつぶやくと、高倉がやけにしんみりした口調で言った。

「まあなあ、親の介護で、仕事辞めて、田舎、じゃなあ……」

「トリプルコンボきまりすぎっすよね」

大城も訳知り顔にうなずく。

要するに、樺島先輩は職場の女性の誰かに思いを寄せていて、けれど自らの状況から相手には告白できないまま、落ち葉の山に紛れ込ませたたった一枚の特別な葉を胸に、一人故郷に帰った……と、そんな切ないストーリィが、この場の皆の共通認識として形成されたらしかった。

だけど、と思う。

「……そんな回りくどいやり方で写真だけゲットして、先輩はほんとにそれで良かったのかなあ……もしかしたらその相手も先輩のこと好きで、告白したらついてきてくれたかもしれないじゃん。先輩、すげーいい人だし」

そう言ったら、皆から一斉に「いやー、それはないない」と否定された。

「そんなん、断られるに決まってるじゃないっすか。既に付き合ってたとしても破局待ったなしのその状況で、ありえないっすよ。森野さん、結婚に夢見すぎ」

やれやれとばかり大城が手をひらひらさせる。バツイチの男にそう言われてしまうと、ぐうの音も出ない。

「やっぱ徹子もそう思うか？」

しゅんとなりつつそう聞いたら、徹子はすごく真剣な眼差しを向けてきた。

「……私は、自分の荷物を一方的に持ってもらうのは申し訳ないし、むしろ辛いと思う。相手のことを好きならなおさら」

女性側の気持ちを聞いたつもりだったのだが、徹子はカバちゃん先輩の立場に立って考えたものらしい。

あまりに真摯な目をして言うものだから、ふと視線をそらせつつ、ああそうだよな、徹子はそういうやつだよなと思った。

「徹子さん、カッケーっす。俺と付き合って下さい」

酔っ払った大城が調子に乗ったことを言いだしたから、取り敢えず金髪頭にドコッとゲンコツをくれてやった。

集まったのはほんとに近所の店だったから、お開きになった後、俺は徹子と連れだって帰路についた。大城はこの後二次会行こうぜ、いい子いる店知ってんだとかなんとか言っていたが、丁重にお断りさせてもらった。

帰る道々、俺達は他愛ない話を、ぽつりぽつりとした。互いの仕事だとか、共通の知人だとか、どこぞの店が潰れたとか、そんな話だ。幼なじみとして共有してきた過去があり、進路が分かれた後のそれぞれの生活がある。聞きたいことも、話したいことも山ほどあるのに、俺も徹子も、饒舌(じょうぜつ)とはほど遠いのだ……そして帰る家はあっけないほどに近い。

じゃあまたなと言うべき場所の少し手前で、俺は唐突に立ち止まった。徹子に言っておきたいことがあったのを思い出したのだ。

「あのさ、さっきの話だけど」

当たり前だが、徹子にはどの時点の〈さっき〉だか見当がつかずに軽く首を傾げている。

「……俺ならだけど、もし、大事なやつが抱えきれないような重荷に苦しんでて、なのに申し訳ないとか言って誰にも助けを求めずにいたら、容赦なく怒鳴りつけてやるぞ」

徹子は面白そうに微笑んだ。

「怒鳴るんだ」

「ああ。この馬鹿野郎ってね。そんで、そいつの荷物を半分、無理矢理奪う。強奪してやる」

どうだとばかりに言い放つ。

ほんの数秒だが、真正面からまじまじと見つめられ、俺は密かにうろたえた。

「……そうだよね、護はそういう人だよね」

しみじみとした口ぶりでそう言いつつ、徹子はこっくりとうなずいたのだった。

13

地元に戻ると、中学や高校の同窓会的な集まりに誘われるようになった。たぶん、他の連中も皆、俺と同じで社会人としての生活に余裕が生まれてきた頃合いなのだろう。そこに熊が帰ってきたぞということで、会を開く口実の一つになったらしい。正式で大々的なものも一度あったけれど、大抵は部活やクラスの気の置けない連中だけが寄り集まる、単なる呑み会である。

特に高校のときの柔道部仲間は、当時すごく結束していたこともあり、定期的に顔を合わせるようになっていた。

その中にはもちろん、あの根津君もいた。彼はなんと、探偵になっていた。

「まあ、要するに興信所の調査員だけどね。みんなも嫁さんが浮気したときには、相談してよ。気持ちサービスしてやるからさ」などとうそぶいていた。既に結婚しているやつも、そうでないやつも、リアクションに困るような申し出である。

　そんな根津君（大人になってからはさすがに君付けはしなくなり、呼び捨てになったが）は、二人きりのときにぼやくように言いだした。

「林さんさあ、結婚しちゃったんだよなー。超しょんぼりだべ。誰だよ、諦めなければ夢は叶うなんて言ったやつ」

「林さん……ああ、徹子の友達の恵美ちゃんか。へえ、まだ付き合いあったんだ」

　意外に思って聞くと、根津は平気な顔で「へ？　ないよ、付き合いなんて」と言う。

「じゃ、なんで結婚したこと知ってたんだ？」

「いやまあ、そこはそれってやつ？」

　そらっとぼけてそんなことを言うから、「……おまえ、仕事のノウハウを悪用してね？ストーカーみたいなマネは、やめとけよ」

　一応、釘を刺しておく。根津には、しねーよそんなんと、むくれられてしまった。

「ああいう、おとなしくて可愛い子は、あっという間に結婚しちゃうんだよなあ。強く押されると弱いタイプ……まあ、俺は押しても駄目だったけどな。ただしイケメンに限るってか、チクショー」

「え、押したってことは、告白したんだ。いつの間に？」

そう聞いたが、さっきまでのボヤキ節とは打って変わってだんまりだ。

考えてみれば彼は、中学の頃から恵美ちゃんのことが好きだったのだ。ずっと好きで、告白してうまくいかなくてもずっと気になってて、好きな相手が嫁いでしまってからも思い続けていて……。

ううん、すごい。改めて聞かされると、なんか怖い。

純愛とストーカーって、ほんと紙一重だなあと、しみじみ思う。その失礼な感想が顔に出たのか、根津がすごく嫌そうに顔を歪めた。

「オイ、その憐れむような顔、ヤメロ。ほんとおまえって、泰然自若っていうの？　ガツガツしていないいっつーか、熊のくせに……ああ、どうせおまえはさ、自分からダチに連絡しなくても、向こうからばんばん誘いが入りまくって、スケジュールが埋まってくタイプだよな。あーあ、やだやだ人気者は。ま、野郎限定ですけどー」

小馬鹿にするように言われたので、一応否定することにした。

「いや、女の子からも誘われるよ」

「何だそれ、自慢ですか。じゃあ今、彼女いるのか」

「いや、それはいないけど。今までも、何となく仲良くなって、何となくメシとか食いに行くようになって、映画とかイベントとかに誘われることもあったけど、それ以上進展することもなくて、そのまま何となく疎遠になる感じかなあ」

「おまえさー」何だかため息をつくように根津は言った。「相手が女の子でも、自分から誘うことってないだろ。基本受け身なのがいけないんだな。そら相手もこりゃ脈無しだと諦めるわなあ。告白とか以前の問題でさ。草食系熊も大概にしろ。おまえはパンダか」

「そうかあ？」

根津は顔を歪めて、皮肉っぽく笑った。

「でもまあ、それって結局、別に好きじゃなかったってことなんだろうよ」

「そう、かなあ……その時々で、それなりに楽しかったし、可愛いなあって思ったりもしてたんだけどなあ。まあ、そもそもそういうのに向いていないんだろうなあ、俺は。もういいよ、この話題は」

めんどくさくなって打ち切ろうとしたら、根津は明後日（あさって）の方向に話題を変えてきた。

「平石さんは？」

「へ？」

「元気？」

「みたいだよ。なんで？」

根津は苛立（いらだ）ったみたいに肩を揺すった。

「付き合う気はないのってこと。高校んときにも、ただの幼なじみだなんだって言ってたけどさ、幼なじみから彼氏彼女になって、結婚したカップルだって多いと思うけど」

ちょっとふいを衝かれた気がした。

「それは考えたこともなかった」

「そっちの方が不自然だろ」根津は呆れたようだった。「あれだけ仲良くて、今も仲良しなんだろ？　いやまあ、わかるよ？　下手に近づきすぎて、今の関係を壊す方がイヤなんだろ？　だから何もガチで告れってわけじゃなくってさ、もっとふわっとさ、間違っても相手が深刻に受け止めないような、洒落で済む感じに軽ーくさあ……」

だいぶアルコールがまわっているのか、やけに饒舌だった。

俺の方もわりと酔っ払っていて、その後も二人であだこうだと色々話した気がするがよく憶えていない。

その後徹子とは、とにかく近所住みなこともあり、そこらでばったり会うことも増えた。するとと自然な流れで、メシを食いに行ったり、呑みに行ったりもするようになった。根津にはああ言われたが、俺だってちゃんとこうして自分から誘ったりできるのだ。まあ、気心が知れている徹子相手だからなのだが。

意外なことに、徹子はけっこう酒に強かった。

「そう言えば、恵美ちゃん、結婚したんだって？」

そう話題を振ってみたら、徹子はどうして知っているのかと、少し驚いたようだった。根津に聞いたよと言ったら、そこは特に疑問に思わなかったのか「ふうん」とうなずいてから、

「そうなのよ。結婚式にも呼んでもらったの。メグ、とってもきれいだった」と言う徹子の顔は、けれどどこか浮かない様子だった。

「やっぱ、仲良しが結婚しちゃうと寂しい？」

「いやいや、おめでたいことだし、寂しいとか言うとバチが当たっちゃうけど。でもなんか、私の周辺、急にみんなバタバタ結婚しちゃって、気がつくと既婚者ばっかりよ。弥子ちゃんなんて出会ったときから人妻だし、そういう時期なんでしょうけど、軽く焦るかも」

意外すぎる発言だった。

「え、だってまだそんな、結婚に焦るような歳じゃなくね？」

その時俺達は、お互い二十七歳だった。

「そうなんだけどね……親の世代だと、なんかだいぶ認識にズレがあるみたいで、母からは散々行き遅れ扱いされてるわ」

「そりゃひでー」

苦笑しつつ、俺はいつぞやの根津との会話を思い出していた。あれ、この流れならもしかして……。

ふわっと、軽く、洒落で済む感じ、か。

頭の中であれこれ考えてから、慎重に切り出してみる。

「……そんな話聞いてたら、俺まで焦ってきたぞ」

「護は男だから、まだ全然、そんなこともないんじゃない？」

「いやまあねえ……モテモテのやつならさ、余裕ぶっこいていられるんだろうけどね」

そんなことないんじゃない、とは言わずに徹子は「ふうん」と相槌を打っている。真顔だ。

俺は残っていたビールを呑み干して、手酌でなみなみと注ぎ、それをまた、半分ほど一気に呑む。それからつまみに伸ばしかけた手を引っ込めて、ごくごくさり気なく言った。

「あのさ、俺達さ、三十になってもお互い相手もいなかったらさ……」ここで言葉を切り、少し迷う。「付き合ってみるのも、悪くないんじゃね？　ほら、小さい頃からよく知っててさ、気心も知れてるっていうか……」

焦りながらそこまで言い、残りのビールを呑み干す。

徹子は心持ち、目を見開いたように見えた。が、少しも慌てず、落ち着いた声で「……それも、いいね」と言った。

その夜、いい感じに酔っ払った俺は、風呂から上がってすぐ、満ち足りた気持ちで寝床に入った。そしてふかふかの布団にくるまれ、深々と眠った。

14

それから一年ほど経った。

その年、ひどく悪いニュースが二つあった。

最初のは、根津からもたらされた。いきなり呼び出され、まずそのやつれように驚いた。そして呼び出しておきながら、ハイピッチで呑むばかりである。

何となく、嫌な予感があった。

「あのさ、なんかあった？」

すると暗い顔を上げて、根津は言った。

「林さんが亡くなった」

「え？　嘘だろ」

あまりにも唐突すぎて、声が裏返る。

た。

「嘘ならいいんだけどね」

そう返す根津の口調は、ひたすら暗い。どうやら嘘でもタチの悪い冗談でもなさそうだった。

「え、どうして？　事故？　病気？」

「わかんね。だからそれを平石さんに聞いて欲しくて、呼んだ」

「ああ……そういうこと、か」

俺はその場で徹子の携帯に電話したが、繋がらない。看護師だから、勤務中だったり、仮眠中だったりで、わりと連絡が取りにくいのだ。

自宅の方にも電話してみたが、留守電だった。仕方なくメールを送ったものの、店にいる間に返信が来ることはなかった。

——いや、それどころか、翌日も、翌週になっても、返信は来なかった。自宅に電話して、やっと繋がったと思ったら徹子のお母さんが出て「あら、ごめんねー、あの子、すごく忙しいみたい」と言われて終わりだった。

そうして一向に連絡が取れないまま、数ヵ月が経ってしまった。さすがにこれは避けられているのだろうと、気落ちする。この状態で、徹子の自宅に押しかけるような度胸はない。

根津には、連絡が取れない旨を伝えたら、それ以上催促してくるようなことはなかった。

そして数ヵ月後、その情報はオフクロからもたらされた。

「……そう言えば、徹子ちゃんから聞いてる？　あの子、結婚するんだって。今日ね、平石さんがおっしゃってたんだけど、なんでもお相手はすごいエリートらしくて……」

その後もオフクロは、なんだかんだ言っていたが、ろくに頭に入ってこなかった。


——しばしの空白の後、思う。

ああ、そうか。あいつはついに、〈特別〉を見つけたんだなと。

あの、白く滑らかでどこまでも平らな、フラットそのものの徹子に、まさかそんな日が訪れるとは、思ってもみなかった。

それは徹子にとって、自身の根幹を揺るがすような出来事であったに違いない。あいつはおそらく今、この時も、戸惑い、うろたえ、混乱しているのだろう。

突如連絡が取れなくなったことで心配し、元気でいるらしいことを知ってからはちょっとばかり腹を立てたりもした。あいつらしくないと思ったし、こちらとしては内心、面白くない思いも大いにあったのだが、そういうことであれば、仕方ない。

あいつの話を聞いてやりたいと思った。茶化すのではなく、ひやかすのでもなく、ただ、真面目に聞いてやりたいと思った。そして、心から「良かったな、おめでとう」と言ってやらねばと思った。

俺は自分がちゃんと、そうできることを知っている。

——ただ、少し時間が必要なだけなのだ。

レリーフ

1

幼い頃、私は神様と出会った。

あの人はきっと、神様だったんだと思う。

夕暮れの、駅だった。遊園地の最寄り駅だったから、ホームには子供達の姿が溢れかえっていた。なのにそのおじいさんは、はっとしたように私を視線で縫い留めて、ゆっくりと近づいてきた。

長い真っ白な髭を貯えた、とてもとても歳をとったおじいさんだった。白っぽい、ゆったりとした服を着ていたように記憶している。

「おお、これはこれは。ここで会えるとは」

感に堪えない、といったふうに、おじいさんは声を上げた。よく揉んだ和紙のように、柔らかく、乾いた声だった。

おじいさんは私のすぐ前で立ち止まり、ゆっくりと、腰を屈めた。そしてじいっと私を見つめてから、言う。

「とても大変なのに、とてもがんばるのですね。あなたは本当に、素晴らしい。握手をしてくれますか？」

皺(しわ)の寄った両の手を差し出され、思わずこちらも手を伸ばす。私の右手は、温かく乾いた手に、すっぽりと包まれた。その手は二、三度ふわふわと上下して、名残(なごり)を惜しむようにそっと離れた。

「ありがとう、お嬢ちゃん。あなたの――」

にっこり笑って、おじいさんは言った。後半部分は子供には難しい言葉で、何を言っているのかはわからなかった。

その時、傍らの母が鋭い声で私の名を呼び、びくりと振り返る。おずおずと近づいた私に、母は屈んで耳打ちをした。

「後でちゃんと手を洗っておきなさいよ」

地面に落としてしまったあめ玉でも見るように、顔をしかめて言われた。

ぼんやり不安になりながら、私は母に尋ねた。

「あのおじいさん、さいごになんていってたの？」

話は聞こえていたようで、母はおじいさんの言葉を教えてくれた。やっぱり意味がわからなかったので、首を傾げると、母は子供にもわかるように翻訳してくれた。

「大人になったらいいことがありますようにってことよ……」そう言ってから、いやね、宗教か何かの人かしらとつぶやいていたような気がする。

遠い日の、けれど鮮明な記憶だ。

大人になった今、あの時おじいさんが口にした言葉が、何となく想像できる。

――あなたの未来を祝福します。

おそらく、そう言っていたのだ。

あの時、あのおじいさんにはいったい、何が見えていたのだろう？

長い間ずっと、それが知りたかった。

畏れるように、慰められるように、繰り返し、あの日のことを思い出すうち、あのおじいさんは神様だったのだと思うようになった。

あの人には確かに、何かが見えていたのだ。

私は今、神様に祝福された未来を生きている。

2

私にとって、世界はひどく歪なデコボコだ。

ごく普通に暮らしている日常の中で、ふいに穴に落ちるようにして、または見えない壁にぶつかるようにして、それまでとは異質な景色が目の前に広がる。全然違う場所にいたり、昼間だったのが、急に夜になっていたりもする。知らない人が陽炎のように立っていたり、身近な人が、さっきまでとは違う服を着て現れたりする。そしてそれは、短い時でほんの一瞬、長い時では十分近く続く。ごく稀に、さらに長いこともあった。

気づいたらもうずっとこんなふうだったから、大きな混乱や戸惑いはない。ただ静かに、目に映る物事の意味を考えているうちに、世界はまた、自然に元通りになる。

母からはよく、「ほんとに徹子はぼんやりした子よねえ……」なんて言われる。何かがずれた世界から立ち返るまでの間、私は間の抜けた顔で、ただぼうっと突っ立っているらしい。「なんだか薄気味悪いのよね」とも言われた。だからたぶん、傍目には普通じゃない様子なのだろうと思う。

記憶にある限りの昔から、私と母の間は、どこかぎくしゃくしていた。まるで二人の間にデコボコした何かが挟まっているみたいに、ぴったりと寄り添えるということがない。

私が父方の祖母に似ている、とか、母が望むような明朗闊達な子供ではなく、ときおり薄ぼんやりしているところとか、そもそも母が欲しがった男の子じゃない、とか、原因はいくつもあるだろう。けれど一番の理由はきっと、母が私に対して抱く、ある違和感のせいだと思っている。

幼い頃から、妙に勘の鋭い子供だったらしい。

いきなり「ばあば、ばあば」と言いだしたと思ったら、その数日後に「近くに用があったから」と祖母が訪ねてきたり。「くまさんだっこ、くまさんだっこ」と何の脈絡もなく繰り返され、「そうなの、くまさん抱っこなのー」と返したその週末、遊園地で着ぐるみのクマに抱っこしてもらい、大喜びしたり。クリスマスプレゼントを、開ける前から中身を言い当ててしまったり。

同様のことは、数多くあったという。

もちろん、そんなことはよくある偶然の一致だ……母はそう思っていた。ただ、その偶然は、落ち葉のように数多く降り積もり、さすがに首を傾げるようになった頃。

ある日、私は言った、らしい。

「よかったね。おとこのこのあかちゃんがうまれるね」と。

当時母は、二人目不妊で悩んでいた。父方の祖母、母にとっての姑は、何がなんでも男の子を産めと、ことあるごとに要求してくる人だったらしい。家を継ぎ、先祖代々のお墓を守るためには、どうしても男子でなければならないのだそうだ。

そのプレッシャーもさることながら、母自身、男の子を持つことに昔から憧れていた。徹という名を用意して、初めての子供をわくわくと待っていたら、生まれたのは女の子の私で、そのまま徹子と名付けられた。

さぞがっかりしたのだろうと思う……私にそうとは言わなかったけれども。

勘の鋭かった私が「男の赤ちゃんが生まれる」と告げたことで、母はおみくじの大吉を手にしたくらいには喜び、希望を抱いたことだろう。

ところが、年内はもちろん、その翌年も、翌々年も、嬉しい兆候は訪れなかった。

「変に期待した分、あの時はがっかりしたわー」

この件に関しては後に、母にはっきりそう言われるようになった……思い出したように、幾度も。その度、申し訳ないなと思う。

私自身は、当時の一つ一つを憶えていない。けれど母の言葉を疑っていないし、それらの出来事が偶然の一致などではないことを、今の私は確信している。

私にはどうやら、先のことを見通す能力が備わっているようなのだ。

そう言葉にしてしまうと、何やら荒唐無稽なおとぎ話のようで、我が事ながら気恥ずかしくなってしまうのだけれど。しかしその力は確かに、当たり前のようにしてそこにあり続けている。他の人にはそれがないのだと気づくまでは、五感と同じように、ごく普通のこととして受け取っていた。

昔から洋の東西を問わず、予言者とか予知能力者とか千里眼とか言われる人間はいたらしい。そうした人物が巫女（みこ）や神官として、権力を持っていたこともあるという。現在でも、当たると評判の占い師は、世界中にいっぱいいる。もちろん、それを眉唾ものだとか、ペテン師だとか捉える者はもっとずっと多くいるだろう。事実、何らかのトリックや協力者を使った自称予知能力者や自称霊能力者、インチキ占い師は、今も昔もたくさんいるのかもしれない。

けれど未来が見えると称する者の、全部が全部紛（まが）いものかと言えば、どうもそうとは断言できない事例も中にはある。私としては、非科学的と切って捨てられるいくつかの事柄には、いずれその科学の力で存在を証明されるケースもあるのではないかと思っている。

端的な話、一口に人間とひとくくりにしても、その平均値から極端に外れた個体はいくらでもいる。見えないはずの波長の光や色を見分けられる人や、聞こえないはずの音を聞き取れる人も現に存在している。

私の力も、その延長線上にあるのかなと、漠然と思っている。勘が鋭いと言われる人は、数多くいる。私はその極端な一例なのかもしれない。

人の能力というものは、未だすべて解き明かされたわけじゃない。いつか誰か頭のいい人が、すべて説明してくれればいいのにと思う。いったい何がどうなって先のことが見えてしまうのか、そのメカニズムが解明されれば、その力をコントロールすることも、すっぱりとなくしてしまうことも、もしかしたらできるかもしれないから。

ともあれ、私が見た未来はそのまま、現実のこととなる。これは動かしがたい事実だ。母にとって待望の男の子も、私の〈予知〉から三年後に生まれた。

もちろん母にしてみれば、そんなに経ってからの実現なら、それはただの偶然でしかなかったろう。占い師に見てもらい、「運命の人が現れる」と言われてその気になって、けれど年内はおろか、翌年も翌々年にもそんな気配がかけらもなかったら、「あの占い、大ハズレだったわ」と誰だって思う……たとえ、さらにその翌年に、結婚に至るような出会いを迎えたとしても。

未来予知には消費期限があるのだ。

しかし、即実現すればいいというものでもない。これは物心がついてからのことだけれど、「ほうちょうでゆびをきっちゃわないようにきをつけてね」と言ったその日のうちに、母が指先を傷つけてしまったことがある。

「徹子があんなこと言うもんだから」と、母は私に腹を立ててしまった。

つまり、私が余計なことを口にしたがために、気にしすぎてしまい、包丁を扱う手つきがぎこちなくなった、と言うのだ。

こうなると、何が卵だかニワトリだかもわからない。

こうした経験を重ねるうちに、私はごく幼い頃から、「あの状態」になったときに自分が見聞きしたことを、軽々しく口にしてはいけないのだと学んだ。人が先のことを知らされたとして、それが悪いことなら、聞かされた人間は嫌な気持ちになってしまう。それが実現した場合、その嫌な気持ちはそっくりそのまま私に対して向けられてしまうかもしれない。

一方いいことなら、即座にそれが叶わなかった場合、かえって人は落胆してしまう。期待や希望も、引っ張りすぎれば不信や失望へと変わってしまう。いいことを予め知らされるのは、ご馳走を鼻先に置かれてお預けをされるようなものかもしれない。「よし」と言われたときにはもう、すっかり冷めてしまっているのだ。

未来なんて告げても、人に嫌な思いをさせたり自分が気まずい思いをするだけ。相手にも自分にも、いいことなんて何もない。

母のおかげで、自分がレアケースであることを、ごく早いうちに知ることができた。そして母の反応から、私の〈変〉なところを、誰にも、もちろん母にも父にも、悟られない方がいいのだと学習できた。

未来を知らされたところで、きっと誰にもどうしようもないのだから。第一、私が見ることができる未来なんて、どれも全然大したことがない。だから何の意味もないし、特に何かをする必要もない……そんなふうに思っていたような気がする。幼稚園の頃の話だ。

だけど小学校に上がった年に、あの事故は起きてしまった。

その日、私は自宅のソファで、半ばまどろんでいた。だからその光景は、もしかしたら夢だったのかもしれない、どうかそうでありますようにと強く念じた。それくらい、怖い未来だ。

見えたのはまっ昼間の、通学路だった。私は自宅の方向に向かって歩いていたから、下校の途中だったのだろう。ランドセルからいくつもの巾着袋がぶら下がり、歩く度にぶらぶら揺れていた。体操着袋と上履き袋、そして給食当番の袋。つまりそれは給食係の週の、金曜日のことだ。

私は突然、強い衝撃と共に宙へ押し出された。

何が起こったと考える間もなかった。世界がぐるりと逆転してアスファルトの上に落ちるまでの間、車の中にいる人と目が合った。運転手の目と口は限界まで開かれ、その表情は恐怖に凍りついていた。

——その先はただ、何もない世界。真っ黒でも、真っ白でも、透明でもない。何でもない〈無〉に塗りつぶされた、空恐ろしいばかりの虚無。

我に返ったとき、ただただ怖くて泣いていた。

私は車に撥ねられて、大怪我をするのかもしれない。耐えられないほどの痛みに苦しむかもしれない。もしかしたら、死んでしまうのかもしれない。

死んだらいったい、どうなってしまうのか。地獄みたいな怖いところに行くのか。それとも未来永劫、何もないところでただ一人きりなのか。

考えれば考えるほど、怖くて怖くて仕方がなかった。

翌日から私は、問題の道を通ることができなくなってしまった。集団下校はとうに廃止されているものの、通学路以外の道を通ることは固く禁じられている。私にとって決まりを破ることは簡単ではなかったものの、恐怖の方がずっと勝っていた。

そして金曜日。その週は給食当番で、だからランドセルには三つの巾着袋がぶら下がっていた。袋の揺れと呼応するように、心臓は大きく脈打っていた。車の音を聞く度に、ひときわ大きく跳ね上がる。角を曲がるときには、恐怖で胸が苦しくなった。

どうにか無事に家に帰り着いたときには、全身が汗でしっとり濡れていた。でもまだ油断はできない。もうじき夏休みだけど、事故が起きるのは二学期になってからかもしれない。あるいはもっと先の金曜日が、その日かもしれない。

私はいつまで、いつ来るともわからない未来から逃げ続ければいいのだろう？

そう考えて途方に暮れていたその日の夕方、一本の電話があった。しばらく話し込んでいた母が、電話を切って振り返る。

「今日ね、護君、学校の帰りに車に轢かれちゃったんですって」

息も止まる思いで、詳しい話を聞く。

事故はまさしく私が見ていた通りの、あの場所で起きていた。

心臓が痛いほど鳴り響く。衝撃で吐きそうだった。

なんてことだろう、なんてことだろう、なんてことだろう……。

最低だ。最悪だ。私は自分が助かりたいばっかりに他の人間を……。

――護を身代わりにしてしまったのだ。

3

森野護と私は、赤ちゃんの頃からの幼なじみだ。家がすごく近くて、子供の月齢も近かったこともあり、母親同士はあっという間に仲良くなったという。森野のおばさんに、母が「男の子、いいなあ……」としょっちゅう言っていたのを憶えている。森野のおばさんは「いやー、男の子なんてうるさいばっかりよお。女の子、可愛くて、おとなしくて、羨ましいわよー」と朗らかに返していた。私のことを可愛いなんて言ってくれるのは、森野のおばさんくらいのものだ。

幼い頃はきょうだいのように始終一緒に遊んだものだけれど、成長するにつれ、それぞれ同性の友達と遊ぶようになり、やがて滅多に話すこともなくなった。護は活発で明るくて、だけどとても穏やかで優しい。だからいつも、男子の友達に囲まれていた。体格も運動神経も良くて、どんなスポーツをしても上手にこなしていた。

小学校に上がる直前のことだ。

母は産院の定期検診に行くために、私を護の家に預けていった。幼稚園までは、お互いそういうこともよくあったのだ。

森野家のテレビでは、野球の試合が映し出されていて、護は画面に釘付けだった。

「スゲー、カッケー」と大はしゃぎで、私まで楽しくなって「ほんとだね」とうなずく。すると護は、秘密を打ち明けるような顔で、けれどそれにしてはだいぶ大声で宣言した。

「オレ、学校行ったら野球やるしー」

彼が鼻息も荒くそう言い切った瞬間、私はまたあの世界に入っていた。それまでと異なり、まるで水面を跳ねる石のように、とととと……といくつかの場面が広がっては、閉じていく。

小学校で、上級生に交じって野球の試合に出ている護。皆がやりたがらないキャッチャーを、率先して引き受けた護。中学で、大きな大会で勝ち進んでいるチームの中の、護。そして今まさにテレビで見たその場所で、ピッチャーの球を受け止めている護……。強くて大きくて、堂々とした護。

「オレも絶対、甲子園行くしー」

テンション高く言い放つ護にはっと我に返り、私は大きくうなずき返した。

「うん、行くよ、ほんとに行くよ。すごいねー、護は。かっこいいね。絶対、応援に行くね」

護の高揚感が伝染したように、私も声を弾ませた。護はひどく嬉しげに、顔をくしゃっとさせて笑った。

本当に、なんてすごいんだろう。あんな大きな舞台で、テレビに映って、たくさんの人に応援されて。ちゃんと、夢を叶えて。

自分と同じ、こんな子供の頃から、きちんと未来への第一歩を踏み出しているんだ……。

護の一番古い友達であることが、心底誇らしく嬉しかった。

事故が起きたのは、その年の夏休み直前のことだった。

報せの電話は、森野のおばさんからのものだった。だから連絡帳をお願いね、という用件だったと思う。大したことはないと言われたそうだけれど、いても立ってもいられなかった。母の話を聞くなり私は、「マモルくんちに行ってくる」と叫んで玄関に向かった。小さい子供が出歩くには少し遅い時間だったけれど、母は弟の世話で手が離せずにいた。

「行っても誰もいないと思うわよ」という母の言葉を背中に受けつつ、私は家を飛びだした。

母にはああ言ったが、実際に向かったのは護の家とは逆方向だった。

護が入院している市民病院は、車で十分くらいのところにある。その年、弟の徹が生まれて、父と面会に行ったから場所はわかっていた。子供の脚で歩いてでも、がんばれば行けないことはない。

段々と薄暗くなっていく住宅街を、泣きそうな思いで駆けていった。

息が苦しくて、胸が痛くなる。自分の呼吸の音、心臓の音、すすり上げる洟の音、道路を蹴っていく運動靴の音。自分の中に響くそれらの音と共に、様々な光景が、浮かんでは消えた。

小石が水面を跳ねて滑って、思いがけず遠くに行くように。すぐそこにある水面、少し先にある水面、そしてずっと遠くの水面に、石は届く。

病院の入り口、エレベーター、そして護のいる病室。奇跡のように誰にも見咎められることなく、私はそこに辿り着く。

それは少し先の、未来だ。

病院に近づくにつれて、未来は懸命に駆ける私と共に、つんのめるように加速していく。まるでカレンダーを次々めくるように、未来の光景は続く。

護の怪我は、大したことないんだと聞いた。その言葉通り、護の少し先の未来は、いたって元気そうだ。ギプスが取れて、リハビリをして、歩けるようになって……だけどしばらくしたらなんだか調子が悪くなってきて。走ろうとしてすぐ立ち止まり、やがて歩く度に顔をしかめ、怪我した脚を引きずるようになり。一年後、手術をすることになって。本調子になるまでに、思いがけず時間がかかってしまって。子供には辛いリハビリの期間があって。普通に歩けるようになっても、激しい運動は控えるよう、お医者様からは言われてしまって。ちょっとくらい大丈夫だろうと本気で走ったら、また痛み出すようになって。

そんなことを繰り返すうち、護は少年野球のチームに入団するタイミングが大幅に遅れてしまった。運動できない期間が長かったこと。何年も先に始めていた子達の方が、どうしたってうまいこと。そんなどうしようもないことで、護は本来の実力を発揮できないまま、小学生時代を終えてしまう……そういう、未来だ。

胸が潰れそうになりながら、予め見て知っている病室に入った。白いベッドの上に、眠っている護がいた。いつも笑っているようなその顔が、今は心持ち青ざめて、目も口もぎゅっと閉じられている。ギプスで固められた右脚が痛々しい。

誰よりも駆けっこが速かった護の脚。上級生も顔負けのキック力で、ボールを遠くまで蹴飛ばしていた脚……。

私は、必ず叶うはずだった、護の夢を潰してしまった。私が、護のあの光り輝くような未来を、粉々に打ち砕いたのだ……。

取り返しのつかない思いと共に、後から後から涙がこみあげてきた。

ごめんなさい、ごめんなさい、ごめんなさい……いくら謝っても、もうどうにもならない。

私は護に対して、とても払いきれないほどの負債を抱えてしまった。この先、どう償っていいかもわからない。

崩れ落ちそうな心身を、一つの決意だけが支えていた。

――この罪と絶望を、私は生涯背負って生きなければならない。そして護の輝かしい未来を――本来のものではなくとも、せめて別な形で――取り戻す。

これは予知ではない。私の確固たる意志であり、償いであり、必ず成し遂げるべき責務なのだ。

4

——未来は、変化する。

それが、この最悪の出来事から学んだ事実である。

それはひどく恐ろしい発見だった。

それまでは、見えていたにもかかわらず、母や友達が小さな怪我をしたりして、何もできなかったことを申し訳なく思ったりしていた。わかっていたのに防げなかったことが、後ろめたかった。

けれど……。

本当は何かができる、というのは、一見希望のようでもある。悪いことが回避できるなら、もちろんそれに越したことはない。

しかし実感としては、恐怖でしかなかった。見えてしまったがために、自分がなした行動のせいで、誰かの運命を変えてしまうかもしれないのだから……既に護に対して、そうしてしまったように。

この先、どうしていいかわからない。護のことだって、具体的にどうすれば償ったことになるのかわからない。

できることなら、目をふさぐように、先のことなんて見えなくなりたい。何ひとつ知らないままでいたい。

なのに未来は音のように、匂いのように、私の頭の中に抗い（あらが）ようもなく滑り込んでくる。

それを防ぐ術が、私にはない。

ひとつだけ、心に決めたことがあった。

——もし次に、自分の身に厄災が降りかかることを、予め知ることができたとしても。

私は甘んじて、それを受け止めよう、と。護のときのようなことは、二度とごめんだった。

それは固い決意であり、誓いだった。本来ならあの事故で、私は死んでいたのだと思っている。護が助かったのは、体が大きく強くて、反射神経も優れていたからだと思っている。

どんくさい私なんてきっと、頭から道路に叩きつけられて、それで終わっていたに違いない、と。

だから、今ある命は単なる拾い物なのだ。ことさらに惜しんだり、必死で守ったりするようなものじゃない。どんな事態からだって、逃げちゃいけないのだ……そう思っていた。

それはもちろん、かなり悲愴な決意だったのだけれども、実際にはそんな事態はやってこなかった。

　私が成長し、行動範囲が広がるにつれ、出てきたのはもっと別な、そしてより大きな問題だった。

　災厄が降りかかるのが、我が身ならばいい。既に覚悟はできている。だけどそれが、私以外の誰かだったら？

　誰かが酷い目に遭うことを予め知っていて、知らぬふりをするのは許されないことだ。そう思いつつも、やっぱり未来を変えてしまうのは怖い。

　私の目の前で、クラスメイトが小さな怪我をしたり、調子に乗りすぎて先生から雷を落とされたり、大事な物を壊したりなくしたりした……私が既に知っていた通りに。

　彼ら彼女らに心で謝りながら、私は申し訳なさに身をすくめるような日々だった。それでも、その災難自体はそれほど深刻なものではなかったから、まだしもだった。

　だけど四年生になったとき、私は恐ろしい未来を視てしまった。

　近くの川で、小学生男児数人が溺れたのだ。

　学校帰り、少年達は、まだ真新しく見えるサッカーボールが川を流れているのを見つけた。ボールは流れが緩やかになっているところで、誘うようにぷかぷか浮いている。たちまち少年達はランドセルを放りだし、ボール目がけて突進した。

そこらに落ちている棒を使い、手を伸ばせばギリギリ届きそうなところに、ボールは浮いていた。もうちょっと、あと少しと皆でわいわいやっているうちに、一人が落ちた。そこは思いがけず淵になっていて深かった。いきなり水を飲んで溺れかけるのを助けようと、さらに一人が落ちた。先に溺れた方が後から落ちた子供に無我夢中でしがみつき、二人揃って沈んでいく……そんな光景が視えた。

二人が助かったのかどうかまではわからない。ただ、水難事故に遭った男児達は皆、私のクラスで見慣れた顔だった。問題の二人は、確かまだほとんど泳げない。今の子供は、スイミングスクールに通っているかどうかで、泳力が二極化しているのだ。

――もしこのまま、何もせずにいたら、彼らは溺れて死んでしまうかもしれない。

それは、私が殺したも同然ではないのか？

悩んでいる時間もなかった。翌朝には、男子達は見憶えのある服を着て登校してきた。一人だけならともかく、四人全員の私服が予め見た通りの組み合わせなのだ。まず間違いなく、事故は今日起きてしまう。

どうしよう、どうしよう、どうしよう……。

その日の授業はまったく頭に入ってこなかった。どうすれば、彼らを助けることができるのか。

ほんの少し、タイミングをずらせば良いのだと気づく。どうにかして、彼ら全員を足止めしてしまえば、ボールはそのまま流れていってしまうだろう。たとえ別な場所で見つけたとしても、あの淵から先は、そんなに深いところはないはずだ。

未来を変える怖さより、わかっているのに見殺しにする怖さの方が勝っていた。

だけど問題の男子達は、クラスでもかなり活発で騒々しい一団だ。目立たず、おとなしい女子から「川に近づくな」と忠告されて、はいそうですかと従うとも思えない。いや、たとえ先生から忠告を受けていたとしても、彼らはその場その場の興味やノリで突っ走ってしまうだろう。俊足揃いの彼らについていったところで、振り切られてしまうのは目に見えている。

子供なりに一生懸命考えた挙げ句、私は帰りの会を長引かせることにした。その時私は図書係をしていたのだが、係からの提案として、学級図書に漫画も加えてはと発言したのだ。

もちろん現状は禁止されている。ゲーム関連本も同様だ。家庭からの本の寄付は歓迎されていたけれども、事前に先生のチェックが必要だった。このルールを一部緩める提案をしたのだ。

歓迎の声が上がる一方で、「勉強に関係ない本はダメだと思います」という真面目一派もいる。それなら普通の物語だって、勉強とは関係ないよねという声も上がり、思惑通り帰りの会は大紛糾してしまった。発言力のある人の意見に一同が納得しかけたら、私はすかさず立ち上がって「でも」と反論を試みる。段々皆がうんざりした顔になった頃、先生の「やっぱり、漫画は学級図書にふさわしくないと思いますよ」との鶴の一声で、帰りの会はお開きになった。

押さえつけていたバネが反発する勢いで、あの四人組は教室を飛びだしていく。その姿を、ドキドキしながら見送った。

時間稼ぎは充分だっただろうか。もう何事も、起こらないだろうか。変わった未来を見ることができればいいのだが、私の能力はそうそう都合良くはない。

翌朝の登校時、溺れる予定だった一人の顔を見つけたときには、心からほっとした。その後、四人全員が無事な姿を見せてくれた。そして心配していた、代わりに誰かが溺れたというニュースもなかった。

未来はちゃんと、いい方へ変えられる。

数日をびくびく過ごした後、ようやく私はそう結論づけた。

それは喜ぶべきことなのだろう。自分のおかしな力が役に立ち、誰かを救うことができるのだから。

実際、私は嬉しかった。母を失望させたり、大事な友達を犠牲にしたり、今まで私のこの力があって良かったことなんて何もなかったから。

けれど同時に、以後私は重い使命を課せられることになったのである。

人より多く稼ぐ人間は、より多くの税金を払わねばならない。同様に、人と比べて明らかに特殊な力を持つ私には、果たすべき義務があるのだ。それがどんなに困難で、割に合わないものだったとしても。

視えてしまったなら、行動を起こさなければならない。でも、下手に動いたり、選択を誤ったりすると、取り返しのつかないことになってしまう。

それは大変なプレッシャーだった。

自分自身のことでは、もう動くまいと決めている。幸か不幸か、私自身に関して、大きな出来事はあれ以来なかった。けれど、周辺の人達の良くない未来を視てしまうことは、ときおりあった。

成長するにつれ、〈視ること〉に長けてきたのだろう。段々、正確な日時もわかるようになってきた。断片的にしか視えなかったときにも、その意味を考え、欠落した部分を自分なりに補い、かなり正しく予測できるようにもなった。

けれどその対処法については、あまり成長したとは言えない。

たとえばあるときは、紫色の服を着た見知らぬおばあさんが、大怪我をする未来を視た。

通っている病院前の駐車場で、いきなり突っ込んできた車と外壁との間に挟まれてしまうのだ。

私の取った手段は、病院からはるか遠くの道ばたで、いきなりおばあさんに抱きつき、引き留めることだった。死ぬほど驚いたであろう相手に、「すみません、知り合いと間違えました」と必死で謝ったけれど、当のおばあさんからも、周りで見ていた人達からも、ものすごく怪訝な目で見られ、顔から火が出る思いだった。

後になって思えば、もう少しましな方法がいくらでも浮かぶ。けれど、咄嗟のことで、時間の余裕がないことも多いから、結果的にかなり強引で不自然な手段を取らざるを得ないのだ。

自分でも「ああ……」と頭を抱えるのだから、相手の人や第三者からは「何、この人」以外の何物でもないだろう。

クラスにとても可愛い女の子がいた。別に仲がいいわけでもなかったその子の手を、いきなり強く握りしめるのは、私だって勇気がいったのだ。手をつないだまま、急いで急いでと急き立て、引っ張って行ったときは、完全に変な子だと思われた。と言うか、面と向かってそう言われた。

「え、え、何？　変な子ねえ……」と。

まさか彼女に言えるはずもない。

可愛い女の子を物色して、たまたま車で通りかかった男に目をつけられるところだったのよ、などとは。

自然に呼び止めて、何か適当なことを話しかけて時間を稼いで……なんてことができればいいのだが、生憎(あいにく)私はそれほど器用ではないし、機転も利かないのだ。ついでに言えば、話すこともうまくない。

だからいつもいつも、最悪の未来のタイミングがずれるまで、不自然だろうが何だろうが、すがりつくようにして相手の脚を止めさせるしかない。我ながら、あの学級会のときからまったく進歩していない。

そして周囲の人間からはさぞかし、おかしな子だと思われていることだろう。

実際、母はしばしば言う。

「ほんとに徹子は変な子ねえ」と。

身近にいる分、最も私の〈奇行〉を目撃しているのは母なのだ。

母は歳の離れた弟の世話で忙しい。だから手伝いを頼もうと見やると、大抵の場合、私はぼうっとしているか、おかしなことをしているか、そのどちらかなのだと言う。

「ほんとは頼む前に自分で気づいて欲しいのに、徹子ときたらまあ……」と呆れたように言われたこともあった。私は恥ずかしさと申し訳なさで、消え入りたいような気持ちになる。

「世間の長女はもっとしっかりしてて気が利く子が多いけど、徹子は長いこと、一人っ子だったしね……」

ごめんなさい、と謝ったら母はそうフォローしてくれたけれども、どうしたって気づいてしまう。

母は私のことを残念に思っている。薄気味悪くさえ、思っている。それはもう、仕方のないことだ。クラスメイト達だって、私のことを変な子だと思っている。そう言って笑っているのを、何度も聞いてしまった。

未来なんて、視えなければ良かったのに。

何度も、そう考えた。そうしてすぐに、それを打ち消す。

他の何かのせいにするべきじゃない。私は、たとえば弟の徹のように可愛くない。甘え上手でもないし、無邪気でもない。そしてまた、同年代の女の子達みたいに、華やかじゃない。彼女達はいつだって、砂糖菓子のように可憐で甘やかできらきらしている。あの子達が光なら、私は影だ。向こうが雪をいただいた高い山なら、こっちは暗くて湿った谷だ。一人私がいるせいで、そこに歪なデコボコが生まれてしまう。突如現れたその落差に、人は引っかかり、そして苛立つのだろう。

それは私という個の性質であり、持って生まれた特殊な能力とはまた別なことだ。

先を見る力のおかげで、何人もの人が救われている。それがなかった方がいいなんて考えるのはすなわち、その人達が酷い目に遭ったり、最悪命を落としたりしても良かったのだと言うに等しい。自分が今まで人知れず努力してきたことの全否定でもある。

私のこれは、いわば天賦の才だ。特にこれといった美点を持たない私に唯一与えられた、人の役に立つ力なのだ……。

そう自分を鼓舞してみたものの、いつの間にか、この力にすっかり縛られている自分に気づき、どんよりとしてしまう。

たとえば人から好意を寄せられて、私の方はその思いに応えられない、ありていに言えば迷惑であった場合。それを正直に告げた結果が……自殺未遂の騒ぎになるとわかってしまったら。

きっぱりと拒絶することなんて、到底できなくなってしまう。

なまじ先のことがわかるばっかりに、私の選択肢はどんどん減っていく。人生の大切な節目ではなおさらそうだ。

高校受験のとき、母は私を慶桜女子に行かせたがっていた。私の成績だとチャレンジ校レベルで、だから一生懸命勉強をした。A判定も取れるようになった。ところが、受験も間近というときに、〈先〉が視えてしまった。その時点よりかなり先、大学を卒業した後のことが。

『徹子が大学まで私立だったから、教育費がほんとに大変だった。おかげで、徹ちゃんの学費が足りないの』

母がため息をつきながら、そう言っている姿が、はっきりと視えた。

なんてことだろう？

私のせいで、大事な弟が進学したい学校に行けなくなるなんて、そんなことがあっていいはずがない。

公立高校に進んだ私に、母は失望していたようだったけれど、もっと先のことを考えれば、これが最良の選択だった。これで大学も公立を選べば、学費問題は解決だろう。

それを母に伝えることができないのはもどかしいけれど。

母に限らず、「これはこういうことなのよ、だから心配しなくても大丈夫なのよ」と説明できないのは、もどかしいし、申し訳ない。とりわけ幼なじみの護に対しては、そうだ。

彼は中学で柔道部に入ったけれど、昔、怪我したところをまた傷めてしまって、実力が発揮できないままだった。そして彼の未来は何度か目にしたのだが、その度に絶望的な気持ちになった。どの未来でも、護は今と同じように誠実にがんばっていたけれど、本来手にするはずだった、輝かしい光景とは、どうしたってかけ離れている。あの未来に辿り着く道筋を、完全に喪ってしまったのだ。

　当たり前だけれど、護は私の取り返しのつかない失敗を知らない。私が彼に償いをするべき立場だってことも知らない。むしろ、ことあるごとに私を助けてくれようとさえする……私が護を助けなければならないのに。これではまったくあべこべだ。事態のおかしさを、私の困惑を、護は知らない。知る由もない。護は優しいから、幼なじみの私をひたすら気遣ってくれる。私が女の子の中で浮いていることに気づいて、一生懸命アドバイスをくれたりする。恥ずかしくて、申し訳なくて、ただただ、いたたまれない。自分の不甲斐なさが、許せない思いだった。

　それでも、わずかに一度だけ、護を助けられたことがあった。

　護の志望高校の受験日にトラブルが起きて、試験開始に間に合わなくなってしまう未来を視たのだ。

　雪道で転んだおばあさんを助けて遅れるなんて、本当に彼らしい。

　その未来を、変えた。

　それ自体は、どうということもなかった。このときはとても自然に、かなりうまくやれたと思う。タイミングを見計らって、護と役割をバトンタッチしたのだ。

ただ、その日、慶桜女子の受験日だったことが後になって護に知られてしまい、余計な心配をかけてしまった。

護は人一倍優しいから、私なんかの心配をして、責任を感じてしまうのだ。

そんなもの、感じる必要はないのに。私は大丈夫なのに。

護と話していると、いつもどんな顔をしていいのか困ってしまう。取り敢えず笑ってみるけれど、どうもあまりうまく笑えた気がしない。ポンコツで不器用な私は、笑うことさえ下手くそだ。

護と話しているとき、私の心の中の石ころは、未来ではなく過去に向けて跳ねていくことがある。教室で、河原で、家の近くで。護の笑った顔、おどけた顔、心配そうな顔。そして事故に遭った日、あの病室でぴったりと目を閉じて、沈むように眠っていた顔。

喪われた未来と、今の護と。水面を跳ねていく石ころは、最後にぽちゃんと、とある場所に落ちていく。

幼い頃に神様と出会った日に。

なぜなのだろう？　護とは、何の関係もない人なのに。

あの人は本当に神様だったのか。それとも私と同じように、先のことがわかる人だったのか。あの人が見ていたのは、私の未来なのか、本質なのか。

何だってかまわない。ただ、私のことを認めて、素晴らしいと褒めてくれた人がいた……ただそれだけで、ずいぶん慰められていたのだ。

それは私の中の、大切な物をしまっておく場所に入れられた思い出で……。

だからきっと、護も同じきれいな場所にいるのだろう。

5

中学のとき、私はとても大切な人を亡くす未来を視た。家族ではない。親戚でも、友達でもない。それどころか、その人にはまだ、会ったこともない。なのに、その光景を見たときは、いきなり深い穴に突き落とされたみたいな衝撃だった。目の前は真っ暗で、心も体も痛かった。

哀しくて、哀しくて、数学の授業中だというのに、私はぽろぽろ涙をこぼして、泣いた。

出会いは、高校生になってからのことだった。

会った瞬間にわかった。「あ、この子だ」と。

生来私は、自分から人間関係を築いていくことが、どうにも苦手だった。人が嫌いなわけじゃない。むしろ好きだ。大抵の場合、素敵だ、偉いな、すごいな、なんて思っている。けれどそれと、自分から他人に近づく、ということは別問題だ。富士山は好きで憧れていても、登ろうとは思わないことと、少し似ているかもしれない。体力がなくて疲れやすかったり、登り切る自信がなかったり、高いところが怖かったり、不慮の事故が怖かったり……それはそのまま、人間関係にも当てはまる。

　人と接していると、びくびくするあまり、疲れ果ててしまうのが常だ。未来が視えてしまうかもしれない、ということもある。相手が私のことを知れば知るほど、おかしな子だと呆れられるんじゃないか、不快な思いをさせたり、怒らせたりしちゃうんじゃないかと、気が気じゃなくなる、というのも大きな理由だ。

　……要は臆病なのだ、とても。自分でも嫌になるくらい。

　そんな私が、生まれて初めて、自分から話しかけて友達を作った。仲良くなることが予めわかっていたから、できたのだと思う。でなければ、そんな勇気も出なかった。予知のおかげ、と言いたいところだけれど、この力がなければ、そもそも別な高校に進学していた可能性が高い。すなわち彼女にも出会えていなかった、ということ。

　このあたりは、考えれば考えるほどわけがわからなくなる。だって私が慶桜女子に行かないことを決めたのは、受験直前なのだ。そして数学の時間に、哀しい未来を視て泣いた日は、それよりずっと前のこと。さらにその後には、慶桜女子に合格した未来も視ている。だから受験に遅れようと遅れまいと、どちらにしても落ちていたってわけでもないらしい。

未来とは、常に不定形で、揺れ動いているのだろうか？　それとも私が未来を変える前から、既に未来は決まっているのだろうか？　つまり、私が未来を変えることを織り込み済みで、確定された未来があるのだろうか？

もしそうだとすれば、私のやってることはいったい何なのだろう。私の選択や行動は、未来を見る力によって、ただ操られているだけのようにも思える。

失敗するとわかっている努力やチャレンジなんて、誰だってしたくない。先々、不都合が生じるとわかっている道は、はなから選ばないに決まっている。

そうして選択肢が減って残った細い道を、私は恐る恐る辿っていく。

その先には何が待っているのか？　さし当たって視えるのは、生まれて初めて得た親友が、ごく若いうちに死んでしまうという、ただただ無残な未来だ。

もし誰かが仕組んでいるのなら、その人はとても残酷だ……たとえそれが神様だったとしても。

ともあれ、私の脳裏に刻まれた使命は、これで二つになった。

一つ目は、幼なじみへの贖罪（しょくざい）。そして二つ目は、親友の救済。

彼女の名前は、林恵美という。

入学式の日、学校へと続く道の途中で私達は出会った。後ろを歩く人達の会話で、「メグミ」という名前が出てきて振り返ると、そこに彼女がいた。とても優しそうなお母様と一緒だった。

予め知っていた未来に出くわしたとき、思わず相手をじっと見つめてしまう。私の良くない癖みたいなものだ。もちろん大抵の人は不快そうな顔をする。それが当たり前の反応だ。けれどメグは違っていた。目が合った途端、白い歯をのぞかせてにっこりと微笑んでくれた。一瞬遅れてお母様までが、よく似た笑顔を向けてくれる。

新入生同士軽く挨拶をして、並んで学校に着いたら、私達は同じクラスだった。彼女が林で私が平石で、出席番号も一番違い、教室での席も前と後ろだった。

まさにすべてがお膳立て済みといった感じだった……まるで誰かの意思が働いているみたいに。

あっという間に、私達は親友といっていい間柄になった。まさか自分が、そんな関係性を手に入れられるとは思ってもいなかった。嬉しくて、少し恥ずかしくて、ふわふわどきどきした。

ごく早い時期から私達は、メグ、徹子と呼び合うようになっていた。いかつくて堅い私の名前を、あんなにも柔らかく、優しく発音してくれた人は他にいない。

メグはとても可愛い。私が今までに会ってきた女の子の中でも、たぶん一番可愛い。そしてとても女の子らしい。鞄にぶら下がっている小さなクマのぬいぐるみを褒めたら、何と彼女のお手製だった。そして後日、同じものを作ってプレゼントしてくれた。時々、お母さんと焼いたのと言っては、クッキーを振る舞ってくれたりする。そうした家庭科的な能力だけじゃない。彼女の細やかな気遣いにはいつも、感動してしまう。私が誰にも言えない未来のことで落ち込んでいると、驚くくらい敏感に感じ取り、授業中に優しい言葉を書いたメモを回してくれる。そのメモ用紙がまた、とても品のいいデザインのもので、読み捨ててしまうのが惜しいような一品だ。ぬいぐるみのクマと共に、私の大切な宝物になっている。

見かけの可愛さだけでなく、メグの内面の美しさに触れる度、女の子らしいとはこういうことかと目から鱗(うろこ)が落ちた心持ちになる。よく母から「ほんとに、徹子はちっとも女の子らしくないんだから」と言われるけれど、メグと私のあまりの差を知るにつけ、「確かに」と納得してしまう。彼女の美点は、私には欠けているものばかりなのだ。私の凹んだ部分に彼女の優れた部分がぴったり収まり、とても安定した形ができあがる。メグと一緒にいると、自分が歪な存在であることを忘れていられるのだ。

メグの笑顔一つで、私は有頂天になる。一つ褒めたらその倍、褒め返されて、おろおろとしてしまう。女の子同士の友達って、こんなのだったのかと、たびたび驚く。話に聞く恋というものに、むしろ似ているようにも思う。

中学のときのクラスメイトと違い、メグは私に何ひとつ頼み事をしない。むしろ、してもらってばかりで、どうしていいかわからなくなる。徹子が喜んでくれれば嬉しいのと、いつも笑っている。そういうところは、幼なじみの護に似ている。学校の最寄り駅が同じなので、今でもたまに顔を見かける。彼の未来はもう、大きく変化することもなさそうだ。甲子園でキャッチャーマスクをかぶることはなくなっても、護が不幸になることはないだろう。穏やかで、朗らかで、温かい。彼の人柄そのものみたいな未来が視える。

一方、メグと行動を共にするようになって、少しずつ、彼女の未来がより詳しく視えてきた。

まず、メグの死因がわかった。自死である。

もちろん、ショックだった。メグは明るくて、しなやかで、華奢（きゃしゃ）な見た目よりずっとタフな人だ。そんな子が、いったいなぜ自ら死を選ぶようなことになってしまうのか。まったく不可解だった。

見えてしまった未来に打ちのめされ、深く沈んだ後、時間をかけて私は浮上する。確かにこれは、辛くて哀しい耐えがたい未来だ……だけど、少なくとも最悪ではない。若い女性の死因として、他にも色々考えられる中ではまだましかもしれない……回避のしようがある、という点において。

これがもし病死なら、もう私にはどうしようもない。また、不慮の事故だったら。下手に動けば、無関係の誰かに厄災を押しつけてしまうかもしれないという危惧がある。護のときのことはもはや、私の大きなトラウマだ。

そして嫌な話、ストーカーや強盗に刺されるといった犯罪がらみの事態だった場合。これはもう、どうやってメグを守りきればいいのか見当もつかない。時間をずらしても一時凌ぎにしかならないかもしれない。最悪の場合、やっぱり他人に危害が及ぶかもしれない。と言って、未来の犯人に突撃していっても、こちらが被害者になるだけだ。盾になれればまだしも、それでメグが救われる保証はまったくない。

だけどメグを死に追いやるのが彼女自身なら。

私はただひたすら彼女と向き合って、問題点や原因を探し出し、予めそれを潰していけばいい。それだって簡単なことではないだろうが、他の人よりは、親友である私の方がやれる可能性は高いだろう。いや、可能性云々じゃない。成し遂げなければならないのだ、絶対に。

メグは気軽に自宅に誘ってくれたから、厚かましいとは知りつつ、喜んでお邪魔した。ご家族にお会いできたら、また別な角度から未来が視えるかもしれない。メグを救うヒントになるかもしれない……そう考えたのだ。

二度、三度と伺ううちに、お母様視点の哀しい未来を視てしまい、暗然とした。我が子を喪って嘆かない親はそうはいないだろう。まして、あんなに素晴らしい娘が、それも自ら死を選んだとあっては。

お母様の身も世もない嘆きぶりは、未来の私の姿でもある。まだ確定していない未来とは言え、辛くて辛くて仕方がない。

けれど、ここで落ち込んでいる場合じゃなかった。最悪の未来を現実のものとしないためには、今からできる限りのことをしなければならない。今、打っておいた布石が、未来に生きてくるかもしれないのだから。

林家は気後れするくらい、立派なお宅だった。急行が停まる駅から徒歩七、八分の距離に、一区画丸々が同じ瀟洒な塀で囲われた箇所があり、そこがすべて林家の土地なのだった。後で知ったのだが、地元では有名な地主さんなのだそうだ。

塀の中には、立派な和風建築と、モダンで真新しい住宅と、車が五、六台並んだ車庫があった。和風の建物にはメグのお祖母様が、新しい方にはメグの一家が住んでいるらしい。敷地内別居ということなのだろうが、庶民的な感覚からはあまりにもかけ離れた世界で、何度訪れても慣れることがなかった。

何回目かでお父様に紹介してもらった。寡黙だけど、とても優しそうなお父様だった。メグの人柄の良さ、品の良さは、このご両親だからこそなのだなと、しみじみ思った。

その後、私は初めて母屋の方に案内された。しゃきしゃきしたお祖母様がいらして、ご挨拶したら、林家の由緒について、にこやかに教えて下さった。地元では有名な地主だという話も、この時に伺ったものだ。

残念なことに、この時のお話は途中までしか憶えていない。

なぜなら、ふいに視えてしまったのだ……お祖母様の未来が。

落ちくぼんだ目に怒りをたたえて、絞り出すように言っていた。

「——いくら恵美に泣きつかれたって、結婚を許すんじゃなかった。あの男のせいで、あの子は死んだのよ……初めの印象通りだった。やっぱりあの男は——」

あの品のいい老婦人とは思えない、般若（はんにゃ）の顔でお祖母様は吐き捨てるように言った。

「——悪魔だよ」

今まで自分から、積極的に未来を視ようと思ったことはない。それはコントロールできるようなものじゃなかったし、できれば視たくないとも思い続けていた。

だけどこの件に関してだけは、何とかして情報を集めなければならない。

私の能力は、それほど便利でも万能でもない。過去にまだ会ってもいないメグの未来を視てしまったときにもそうだったけれど、面識のない人のことはぼんやりとしかわからない。メグの場合は私自身が名前を呼ぶ未来を見たので「メグミ」という名前であることだけはわかっていた。けれど大抵の場合、どこの誰とも、どんな顔をしているのかも不明なのだ。だから、将来問題の人物と関わるであろう人達と、できるだけ多く接触し、未来が視える瞬間を待つしかない。

幸い、お祖母様の強烈な未来がある種のフックになったのか、〈悪魔〉についての未来を、メグのご家族や本人から得ることができた。とは言っても、わかったのはほんのわずかなことだったけれど。

出会ってしまうのは、大学生になってから。

とても素敵な人とお付き合いしているのと、私自身がメグから聞かされるのは、それから間もなくのこと。実際にお相手を紹介されるのは、もっとずっと後のこと……。

未来の記憶が、跳ねていく。トライアル・アンド・エラーの連続。どうにかしてメグを救おうと焦るあまりに、失敗してしまう未来。

「あの人は、良くないと思う。別れた方がいいよ」と言ってしまい、メグを泣かせ、怒らせ、嫌われてしまう未来……。

それならと口をつぐんで我慢していたら、メグはその悪魔に振り回され、冷たくあしらわれ、それでもあの人が好きなのと私に泣きついてくる、そんな耐えがたい未来の末に、結局のところあの最悪の結末に辿り着く。

出会ってしまったら、もうお終いだ。どうしたってメグはその男に魅了されてしまう。そして彼女の一途な性格は、既に充分わかっていた。

しばらく思い悩んでから、私は一つの名案に辿り着く。

なんだ、簡単なことじゃないか。

悪魔みたいな男と出会ってしまう前に、もっと素敵な人と出会えばいいんだ、と。

穏やかで、優しくて、誠実な人。間違っても、人の好意を踏みつけにしたり、人を試したり、ないがしろにしたりしない人。

私が知っている、一番素敵な女の子と、一番格好いい男の子。出会いさえすれば、きっと惹かれ合うに違いない。お互いがお互いを思いやり、尊重し合える、そんな理想的な関係を築ける二人だ。恋人としても、夫や妻としても、父親や母親としても、文句のつけようもない魅力的な二人だ。この組み合わせなら、どれだけ幸せな家庭を作れることだろう……。

彼らなら、うんと遠い未来でもきっと仲良く添い遂げていることだろう。どんな時にも相手に対して真っ直ぐ正直で、朗らかで、優しくて。年老いた互いを労り合い、皺を刻んだ顔でにっこり微笑み合う、そんな素敵な老夫婦になれることだろう。

今はまだ、そんな未来は視えないけれど……。

出会いさえすれば、きっと彼らなら。

この素晴らしい思いつきに、私はわくわくしていた。なにしろ、護への償いと、メグの救済が一度に成し遂げられるのだから。

――これで長年の悩みも解決しそう。

これでみんなが幸せになれる。

そんな予感に、私は心から喜んでいた――胸の深い奥底の、ごくごく微かな痛みと共に。


絶対にうまくいく……そう思っていた。

通学電車の中で、颯爽と現れたヒーローが、卑劣な痴漢から助けてくれる……そんなの、一瞬で恋に落ちて当たり前みたいな状況じゃないの、と。

メグはタチの悪い痴漢にロックオンされていて、それはずっと続くはずだった。たとえ車両を換えても時間をずらしても、しつこく続くはずだった。それを護に助けてもらう。一石二鳥の、素晴らしい作戦だと思っていた。

護は本当に優しいから、頼んだら二つ返事で引き受けてくれて。メグは最低な痴漢から無事逃げることができて、すごくほっとしていたし、感謝していたし。だからお礼として文化祭に護を招待する、というのは、とても自然な流れだった。メグもそれはいいアイデアだと褒めてくれて、当日はとても楽しそうにしていたのだ。護のことも、とてもいい人ねと褒めていたくらいだ。そうなのよ、すごく頼れる人なのよと、ここぞとばかりに強調しておいた。

その後、メグと護と三人で、あちこち遊びに行くようになった。メグも護もとても楽しそうにしていて、だから私も嬉しかった。友達とわいわい遊びに行くのも初めてで、しかも相手は大切な友達二人で、びっくりするくらい楽しかった。もうそろそろ二人きりで出かけられるようにしなければと思いつつ、あともう一度、できれば次もと、ついつい参加してしまったくらいだ。それが後ろめたくなってきた頃、メンバーに変化があった。護の友達の根津君が加わったのだ。彼はメグと同じ中学の出身で、護から参加を打診されたときに内心困ったなとは思ったけれど、ダメなんて言えるはずもない。

もちろん、メグにはすぐに確認してみた。彼女が気が進まないようなら、お友達には申し訳ないけど断るしかない、と思って。

だけどメグは、にこにこ笑って、「もちろんいいよー、人数多い方が楽しいよね」と、むしろ歓迎ムードだった。

根津君は小柄でおとなしそうな男の子だった。護の友達なのだから、いい人なのは間違いないだろう。だけど正直言って、私の作戦には邪魔だった。

危惧した通り、遊園地でも映画館や喫茶店でも、メグの隣に護ではなく根津君がいる機会が増えてしまった。それで困っているのは私一人で、他のみんなは和気藹々とやっている。

もしかして、ひょっとして、メグは根津君のことが好きなのだろうか？　そしてもちろん、根津君もメグのことを？

そう思って二人を見やっているうちに、また未来が視えてしまった。

少し大人びた彼は、やっぱり大人の女性になったメグに向かって、どこか必死な面もちで伝えていた。中学生の頃から、ずっと好きでした、と。それに対してメグは申し訳なさそうに、ごめんね、好きな人がいるのと応えていた。

うん、わかってる。それでも伝えたかったんだ。俺の勝手な自己満足に付き合わせちゃってごめんな……。

二人のそんなプライベートなやり取りを、のぞき見てしまって申し訳なく思いつつ、やっぱり困った困ったと思う。

メグが根津君を好きになって、お付き合いすることになるのなら、それはそれで悪くないのだろう。けれど、そうはならないことがはっきりしてしまった。

もう一つ困ったことがあった。どうやらメグと根津君の席がよく隣同士になるのは、たまたまでも偶然でもないらしい。護がさり気なく、そうなるように仕向けているようなのだ。

これはやっぱり、そういうことなのだろう。

念のため、護に直接確認してみたら、逆に聞かれてしまった。

「徹子は俺とメグミちゃんをくっつけたかった？」と。

その表情に、怒っているような、傷ついているような色を見つけてしまってはっとする。

護は根津君の気持ちを知っている。彼の性格上、友達の好きな人を好きになることはないだろう……絶対に。

その場はただ、謝ることしかできなかった。護は優しいから、それ以上何か言ってくることはなかった。

その後、メグから映画に誘われたとき、「いいね、行こう」とだけ応えたら、メグは小首を傾げるようにして私の顔をのぞき込んできた。

「あれ？　今日は森野君も誘おうって言わないのね？」と軽い口調で言われて思わずびくりとする。

何も言わない私に、メグは独り言みたいに続けた。

「初めはね、徹子が森野君と二人きりで遊びに行くのは恥ずかしいから、私をダシに使ったのかもって思ったのよ」

「そんなこと」

「うん、違うよね。徹子はそういう子じゃないもの。全然、そんな感じでもなかったし。だから後から根津君が現れたときには、ああそうだったのかって思ったわ」

私が首を傾げると、メグはにっこり笑った。

「だって根津君は、私のことを好きでしょう？」

絶句する私に、メグは軽やかに続けた。「そして森野君は、別に私のことを好きじゃないの。もっと言えば私は……みんなで遊ぶのも楽しいけど、徹子と二人っきりでゆっくりおしゃべりしたり、遊んだり、したいかな。ほら、あるでしょ？　女の子同士じゃないとできない話とか、買い物とか。ね？」

大きな目でじっと見つめられて、私は観念した。

私の大切な人達は、私のことを思えばこそ、ある程度までは望んだ通りに動いてくれる。けれどそれに甘えて、彼らの気持ちまで思い通りにしようだなんて、なんと傲慢(ごうまん)なことを考えたのだろう。

何をどうしても、最悪の未来は動かない。

もうどうしていいか、わからない。

「どうしたの？　どうして泣くの？」

驚いたように言い、そっと抱きしめてくれたメグに、私はただ謝ることしかできなかった……護に対してもそうだったように。

メグはそれ以上何も言わず、何も聞かず、ただぎゅっと両腕に力を込めた。

混乱し、絶望さえしているさなか、心優しくて聡明な友の体は、とても柔らかく、温かだった。

7

成人式の着物はいらないと言ったら、母はひどく驚いていた。

「だって一日しか着ないのに、もったいないと思うの。似合うわけでもないんだし、もともと大して思い入れがあるわけでもないし。入学式のときに買ってもらったスーツで充分だと思うの」

ひと息に言ったら、母は呆れ果てたというように私を見つめた。そしてため息と共に言った。

「ほんとにあんたって子は、合理主義と言うか、冷めてると言うか……女の子を育ててる気が全然しないわ」

ずいぶん不満そうだったので、私の方が驚いた。

喜んでもらえると、思っていたのだ。私が母に言ったのは、そのままそっくり母が私に告げるはずの言葉だったから。

その未来を視たとき、ああ、本当に母の言う通りだなあと思ったのだ。着物は高い。購入するのはもちろん、レンタルでも数十万円もしたりする。小物も着付け代もヘアメイクも写真館での撮影も、どれもこれも安くはない。そして私は他の子のように、成人式の着物にさほど思い入れがない。まったく母の言う通りだ。

そう遠くない未来の母は、似合いもしない、思い入れもない着物にあんなにお金をかけるくらいなら、いっそすっぱりやめてしまって、その分を徹ちゃんの学費に貯めておけば良かったのにねえと、ことあるごとに言うようになる。その未来を変えた。

父は徹子の好きにすればいいと言ってくれた。母は一応は納得してくれたものの、父方母方双方の祖父母や親戚に、「聞いてよ徹子ったらねえ」と愚痴ってまわっていた。

大丈夫なのよ、お母さん。これが、将来的には絶対にいいことなのよ……。

そう言えたらいいのにと思ったけれど、母に限らず未来のことは誰にも絶対に口にしないと決めている。

私の晴れ着姿が見たかった、というのも母の本当の気持ちなのだろう。けれどそれはたぶんひとときのことに過ぎない。長い目で見れば、弟が志望する進路に金銭的な心配なく進ませてやれることの方が、何倍も大事に決まっているのだ。

成人式に関しては、私の晴れ着なんかよりも気になっていることがあった。

十歳のとき、小学校で二分の一成人式のイベントがあった。市を挙げての取り組みで、その目玉は二十歳の自分に宛てた〈タイムカプセル手紙〉だった。

十年後の自分に、何を書いたら良いのか、見当もつかずにいた。未来の自分がどんなふうだか、大体のところはわかっている。要所要所の選択で、細かい変化はあるかもしれない。けれど私自身の在り方に、大きな違いがあるとも思えない。今と変わらず、真面目なだけが取り柄の、地味で平凡な大学生になっている。それがわかっているのに、他の皆のように、アイドルになっているとか、スポーツ選手になってオリンピックを目指しているとか、そんな夢いっぱいの手紙を綴(つづ)るのは、どうにも気恥ずかしかった。

時間内に書き上げられなかった者は宿題として持ち帰らされ、自宅の勉強机で再び頭を抱えることになった。

おかしな夢を見たのは、その時だ。

色とりどりのきれいな衣装を着た女の人達、明るい髪の色をして、派手な衣装に身を固めた男の人達、魔法を使うおじいさんがいたり、騒々しい音楽が流れていたり、最後にはなんとドラゴンの赤ちゃんが空を飛んだ。

それまでも、今まで行ったことのない場所や、見たことのない景色、知らない人達が出てくる夢を見たことはあった。大抵は目覚めて、なんだか不思議な夢を見たなと思い、すぐに忘れてしまう。

けれどその時は、急いで作文を書く必要があった。うたた寝をしてしまったこともあって、考える間もなく、もうこれでいいやと夢の内容をそのまま書いた。

その記憶が、ふいに甦(よみがえ)ってきたのだ。と同時になぜか、ドラゴンの赤ん坊の姿が、人間のそれへと変化していく。

あの後、ニュースで各地の成人の日の様子が紹介される度、「あれ？」とは思っていた。テレビ画面の中ではしゃぐ男の人や女の人の中に、夢の中で見たものとよく似た衣装をまとっている人達がいたのだ。成人の日が来る度抱いていた、「あれ？」という思いは、成長するにつれて「もしや……」に変わっていった。

十歳の私は、二十歳の自分、成人の日の自分について考えながらうたた寝をした。ならばあの時の夢は、私が参加する成人の日に、実際に起きることなのではないか？

もしそうだとしたら……。

赤ん坊が空を飛ぶ……それは、まるで宗教画のような光景だけれど、もしそれが実現するとしたら？

まさか、とは思う。けれどどうにも、嫌な予感がしてならない。

遠くにあるうちは小さくぼんやりとしか見えなくても、こちらが近づいて行けばやがて、それが何なのかはっきりとわかるようになる。私にとって、未来も少し似ている。その日が近づくにつれ、漠然としたイメージでしかなかったものが、少しずつ、細部が見えたり、全体の輪郭がつかめてきたりする。

十歳のときに見た夢は、なんだかとても楽しかった。まるでおとぎ話の世界のお祭りみたいで、ふわふわ浮き浮きした気持ちがしばらく続いたくらいだ。ただそのせいで、何となく漂っていた不穏な空気に気づくのがだいぶ遅れてしまった。

私の能力は、具体的な人や場所を目の前にすると、突然発動することがある。それで早いうちに、市の総合体育館を訪れてみた。毎年そこで成人式が行われるのだ。

ロビーをゆっくり端の方目指して歩いていたら、ふいに時間が飛んだように、私は目的の掲示板の前にいた。人が近づく気配に振り向くと、黒いスーツを着た護が、私を見てにやっと笑った。

その時になってようやく気づく。これは、少し先の、成人の日の護なのだ。進学で遠方に行っていた護が、この日、地元に帰っているのだ。

それがわかって、心からほっとした。護がいてくれるなら、大丈夫。きっとすべてがうまくいく。それは未来予知よりも確かな信頼だ。

その思いは、成人の日に起きるかもしれない事故の光景を目にしても、変わらなかった。大丈夫。場所とタイミングはわかった。私がするのは、そのポイントに護を連れて行くことだけ。一人護がいてくれるだけで、世界はまるで陽だまりの猫みたいにまん丸くて平和だ。

つくづく思う。護とメグが好きあってくれてさえいれば。私の大切な友達二人は間違いなく幸せになり、私は親友を最悪な形で喪うことにもならないのに。

嘆いたところで、こればっかりはどうにもならない。未来はもしかしたら、変えられる。けれど、人の心は他者が変えられるものでも、変えていいものでもないのだ。

久しぶりに会う護は、また少し大きくなっているように見えた。初めて見るスーツ姿で、私に気づくと照れ臭そうににやっと笑った。

私達はそこで少しだけ会話し、会場に向かう。二階席には出身中学ごとに席が設けられていることを知り、そこで旧知の人達とわいわい言いながらプログラムを楽しむ。地元ネタのクイズ大会で盛り上がり、地元出身のマジシャンのマジックに拍手する。そして地元出身のロックバンドの演奏中に、それは起きる。

二階席の一角で、揉め事が起きる。私達とは違うブロックの、最前列だ。男の怒号に、女の泣きわめく声、そして手すり際の通路を、大騒ぎしながらどやどやと一団が駆けていく。何事かと思っているると、やがて演奏が突然止まり、会場の灯りが点く。新成人達のざわめきに、音楽の余韻。やがて空間を裂くような悲鳴の連鎖。熱いくらいだった会場内は、瞬時に凍りつく。

二階席から人が落ちたのだ。それも、生まれて数ヵ月しか経っていない、赤ちゃんが。

……以降、私達が参加したその祝典は、史上最悪の成人式として人々の記憶に残ることになる。

その未来を、変える。

これは最悪の未来だけれど、場所と時間がわかっていて、惨劇を防いでも他に犠牲者が出る恐れはなさそうだという点においては、そう悪くないのかもしれなかった。

私がすることは、ごくわずかだった。会場で護と会える未来が視えてから、小石が水面を跳ねていくように、その先も視えていた。私はただ、フロア席の、あるポイントに護を誘えばいい。小さな命が叩きつけられる床に、一番近い席。そこまでは、ほんの数歩だ。

大丈夫、大丈夫。心の中で、繰り返す。

護がいれば大丈夫。運動神経も反射神経も鈍い私一人じゃ、助けられるかどうかもわからない。でも護なら大丈夫。バッターが空高く打ち上げたフライを、悠々とミットに収めるみたいにして赤ちゃんを受け止めてくれる。

その確かな未来を知っているから、私はプログラムの一つ一つを楽しみさえしていた。同じく楽しんでいるらしい護に、今日、この場に来てくれてありがとうと心からお礼を言いたかった。

ロックバンドの演奏は、申し訳ないけれどただの振動と大きな物音として私の脳を滑り落ちていった。音楽を楽しむ余裕なんてない。ひたすら、二階席の騒動に全神経を集中する。声が聞こえるわけじゃない。スピーカーから爆発するように流れ出す音楽が、すべてをかき消している。ステージを演出するカラフルなライトに眩惑(げんわく)され、ごく一部で起こった揉め事なんて多くの人は気づかないし、目にも入らない……予め、それが起きることを知っていなければ。

仲間内のふざけ合いみたいな争いが、取り返しのつかない結果をもたらすことを、私は既に知っている。けれどその最悪の未来を変えるのは、私ではなく護なのだ。

呪文はとてもシンプルだ。

「護、あれ。大変」

護の肩を強く叩いて、指し示す。状況を把握するよりも早く、護は弾けるように飛びだした。

それは瞬く間の出来事だったけれど、私には永遠のように長く感じられた。護は力強く俊敏な動きでそこに到達し、とてもとても優しく小さな命を受け止めた。護以外の関係者は皆、当の赤ちゃんも含めて一時停止していたけれど、無事を知らせる大きな泣き声で、すべてが解凍されたように動きだす。

二階席を見上げた護は、それで事情を察したらしく、赤ちゃんをおっかなびっくり抱いたまま、出入り口に向かって歩き出した。もちろん私も後を追う。

周囲の人でも、事態に気づいた人はほとんどいないだろう。通路際の人も、ちらりとこちらを見ただけだった。赤ん坊が泣き出して、慌てて連れ出す新成人カップルにでも見えたのかもしれない。そう考えるとなんだかおかしくて、私は場違いに弾んだ声で「護、やったね。本当にすごい！」と幼なじみの健闘をたたえた。

この出来事で、私には人生二人目の同性の親友ができた。高倉弥子ちゃんという名前で、赤ちゃんのお母さんである。旦那さんの正義君も一緒になって、何もしていない私まで赤ちゃんの命の恩人扱いだ。

赤ちゃんの名前は竜二君で、上に年子のお兄ちゃんもいる。弥子ちゃんは私と同い歳にして、既に二児の母親なのだ。

お兄ちゃんの虎鉄君を正義パパから預かり、弥子ちゃんは竜二君を抱っこして、着付けを直してくれるコーナーに向かった。竜二君に怪我がないか見なきゃいけないし、授乳もしなきゃだし、虎鉄君に水分補給をしたり、弥子ちゃんの着崩れた着物を直したり、色々やらなきゃならないことがいっぱいあったのだ。

私には歳の離れた弟がいたから、赤ちゃんの世話はまあまあ慣れている。それでも、久しぶりに抱っこする一歳児は、腕にずっしりと重かった。

着付け直しのために設けられた部屋では、ボランティアの人達が笑顔で迎えてくれた。多くは私達の母親や祖母世代の女の人だ。あらあらまあまあと皆が集まってきて、わいわいお世話をしてくれた。

「二人はお友達……なの？」

おばあちゃんの一人から、不思議そうに聞かれた。華やかな着物姿の弥子ちゃんと比べ、私があまりにも地味だったから、ひどくちぐはぐに見えてしまったのだろう。

「大親友だよねー」と言って、弥子ちゃんが抱きついてきた。「徹子ちゃんはね、彼氏とスーツでキメてきたんだよね」

どきどきしながら、慌てて否定する。

「あ、彼氏じゃないの。友達っていうか、幼なじみよ」

「えー、うちらだって幼なじみだよ。てか、付き合っちゃえばいいのにー。護君、めっちゃ格好いいじゃん」

「そう、かな？」

「格好いいよー、もう、うちらのヒーローだよー」

なんていい子なのだろうと思ったとき、ふと、「てつこちゃーん」と可愛らしい声で私の名を呼びながら近づいてくる、小さい女の子の姿が視えた。よく見るとそのすぐ後ろに、両脇に男の子を従えた弥子ちゃんの姿もある。少し先の、未来だ。

ボランティアの人達に見送られて部屋を後にするとき、弥子ちゃんはケラケラ笑いながら言った。

「ハア、もうオムツ換えだけでも一苦労だわ。おかげであの大騒動も吹き飛んじゃったわー。でもまだまだ、これからが大変らしいのよねー。年子でしかも男二人とか、馬鹿じゃないのって友達にはよく言われるー」

「……きっと可愛い女の子も生まれるよ」

そう言ったら、「なにそれー」と弥子ちゃんはまた、朗らかに笑った。

彼女は既に、私のことを大親友だと言ってくれた。今日この日から、時間をかけてそれは本当になる。陽気で人なつっこい弥子ちゃんと、子連れで会ったりする関係になれるのだ。

それは私にとって、とても嬉しく、心慰められる未来だった。


着付け直しコーナーの隣には、また別なコーナーがあった。ドアの横には、〈タイムカプセル手紙を受け取ろう〉と書かれた紙が貼ってある。ちらりと見やると、各卒業小学校別に受付が設けられているらしかった。

「あー、何かそういうの、書かされたよねー。なつかしー」

私の視線を辿って、弥子ちゃんが弾んだ声を上げる。

十歳のあの日、私は今日のことを視ていたのだ。

高倉夫妻とそのお友達は皆、とてもきらびやかな衣装で決めていた。髪は色んな色に染められて、まるで外国人みたい。弥子ちゃんは、お姫さまみたい。まさに、昔見た夢の登場人物だった。黒マントのおじいさんが杖を一振りしたら、色んなものが宙に浮き、風船の中からは色とりどりの花が出てきた。シルクハットからは鳩が飛びだし、きらきら光るテープが降ってきた。そして不思議な音楽が鳴り響き、ドラゴンの赤ちゃん……つまり竜二君が空を飛んだ。すべて、夢の通りだった……私が変えたのは、最後に勇者がドラゴンを救うように仕向けたことだけ。ドラゴンは幼すぎて、まだ空が飛べなかったから。

ああ、と私は大きなため息をつく。護さえいてくれれば、世界はこんなにも容易く、良い方向に舵を切ってくれるのだ。

弥子ちゃん達が、成人祝いのパーティに誘ってくれた。護のオマケみたいな私まで。護は人見知りする私を気遣うようにこちらを見たけれども、むしろ私は嬉しかった。

今日初めて会ったけど、ずっと前から知っていた人達だから。彼らの中に混ぜてもらって、まるでおとぎ話の世界に迷い込んだみたいで、ふわふわドキドキした。十歳の頃に夢で見た通りだった。

今日中に下宿に戻らなければならない護と一緒に、私も一足早くパーティを抜けさせてもらった。駅で護が、記念だと言って写メを撮ってくれた。後でそれを送ってくれたけれど、二人きりで写っている写真はおそらく幼児の頃以来で、何だかとても不思議な気持ちがした。

そのまま右と左に別れた私達だったけれど、後でちょっとしたアクシデントが発覚した。会場で受け取ってきたタイムカプセル手紙を、それぞれ相手の分を持ち帰ってしまったのだ。

どうしようと護からメールがあり、捨てていいよと返す。護の分もやっぱり捨てていいそうだ。

私の手に渡ってしまった封筒の表には、男の子らしい……というより実に護らしいのびのびとした大きな文字で、護の名前が書いてあった。その筆跡が懐かしく、しばらく眺めているうちに、中身の方も読んでみたくなった。少しの葛藤の末、私は畳まれた白い紙を引っ張り出す。

好奇心に負けた者は、まず大抵の場合、それなりの報いを受けるのだ。物語でも、現実でも。

十歳の護は、元気いっぱいの文字で、こう綴っていた。


十年後のぼくへ。

甲子園には行けましたか？　もし行けてたら、甲子園の土はだいじにとっておいてください。まちがっておかあさんにすてられたりしないように、ちゃんとビンかなにかに入れといてください。

あと、十年後も野球は続けていますか？　プロになっているんなら、どこの球団ですか？　ポジションはどこですか？

いろいろ知りたいことがいっぱいで、わくわくします。おわり。

——取り返しのつかない過去はこうやって、思い出したように私を打ちのめす。何度も、何度も。タイムカプセルは時限爆弾のように、加害者のもとできっちり破裂した。

これはきっと、戒めなのだろう。

私はすぐに、忘れ、甘えてしまうから……。

護のおかげで赤ちゃんを簡単に助けられたと、どこか浮かれてさえいた自分が、とても恥ずかしかった。

護に頼ったり、助けてもらったりする資格なんて、私にはない。

私はただ一人で、残酷な未来と対峙するしかないのだ。

8

カタリと初めて会ったのは、成人式のすぐ後のことだった。

メグから「お付き合いしている人がいるの」と打ち明けられたのはその前の年のことで、「早く紹介してよ」とせっついていたのが受け入れられた形だった。

これから親友の仇となる男は、悪魔みたいな顔をしているのかと思っていた。私が見た未来で出会うその男は、ぼんやりとした輪郭に過ぎなかった。憎悪はつのるばかりで、私の中で相手の顔は、日に日に真っ黒で凶悪な、バケモノじみたものになっていった。

けれど待ち合わせの喫茶店にいたのは、むしろ女性的なほどに優しげな顔をした、とても感じのいい男性だった。今日日そんな言い方をする人もあまりいないだろうけれど、美男子という言葉がぴったりくる。肌はむしろ白い方で、唇がやけに赤かった。

いつもはおっとりと落ち着いているメグが、鈍い私にもそれと見て取れるほど、そわそわと舞い上がっていた。

「あ、あのね、徹子。この人がお付き合いしている……」

「影山堅利です」快活に笑って、カタリは後を引き取った。「よく、変わった名前ねって言われるから先に説明しちゃうけど、英語のカタリストから取られているんだよ。もともとは化学反応を促すための触媒って意味なんだけど、経済用語としてもよく使われていてね、相場を大きく動かす要因みたいな意味でさ。それで、世の中を大きく動かすような人物たれと名付けられたってわけ。字面が堅いから、堅物みたいに思われちゃうかもしれないけど、いたってソフトな人間だから、安心して下さい」

滑らかに自己紹介を終えて、またにこりと笑う。とても人好きのする、優しい笑顔だ。この笑顔を見て人は、いい人そうだなとか、気さくな感じだなとか、好印象を持つのだろう。特に女性は、素敵だなとか、格好いいとか、思うのかもしれない……おそらくメグがそう感じたように。

けれど未来を知る私には、その邪気のなさそうな笑顔が何より恐ろしい。

喉がカラカラになり、唾を飲み込もうとするも、どこかに引っかかり、最初の言葉がなかなか出てこなかった。

「……あ、私の名前もだいぶ堅いから、大丈夫です」

間抜けそのもののワンテンポ遅れたタイミングで、どうにかそう応える。何が大丈夫なのだか自分でもわからない。メグは傍らで、「なによ、大丈夫ってー。徹子ったら、緊張しすぎ」とくすくす笑った。

「平石徹子さん、だよね。ひょっとして、平石建設のお嬢様だったりする？」

縁もゆかりもない建設大手の名を出され、また慌てて首を振る。

「あ、無関係です。ただのサラリーマン家庭です」

「もうっ、二人とも、とんちんかんなんだから」

メグはまた、おかしそうに笑っている。その屈託のない笑顔に絶望する。

メグは決して疑わない。カタリのこの、冗談めかした質問が、私を値踏みするための、軽い探りであるなんてことは。資産家の娘の友達ならば、同じく資産家の生まれであってもおかしくないと、カタリは思っている。それは邪推でも考えすぎでもない。私の視た未来が、はっきりとそれを指し示しているのだ。

カタリは金銭や名声の匂いをかぎつけると、とても自然にそちらへ近づいて行く。そして目標の人物を捉えると、さらにその人脈へと手を伸ばして行く。それはまるで蔓性の植物が、手頃な樹木にからみついていく様に似ている。恐ろしいような速さで蔓は伸び、葉は茂り……やがて支柱としていた樹木をすっかり覆いつくし、枯らしてしまう。

大学のサークルを通じて、メグはカタリに見出されてしまった。あっという間に、メグはカタリに魅了されてしまった。確かにカタリは魅力的な人物なのだろう。未来を知る私には、とうていそうとは思えないけれど。

人は恋に落ちる。それはきっと、突然深い穴に落ちてしまうようなものだ。周囲は真っ暗闇も同然となり、見えるのはただ、はるか頭上に切りとられた、唯一無二の天空だけ。空が晴れれば幸せになり、陽が翳ったり沈んでしまったりすれば、たちまちおろおろと闇に包まれてしまう。

聡明で思慮深く、常に心穏やかなメグでさえ、例外じゃなかった。もはやメグの目には、彼の姿しか映らない。彼の言葉しか届かない。完全に彼に支配され、コントロールされてしまっている。それと気づかぬまま、むしろ自ら望んで。

進んで身を投げ出すようにとらわれた囚人を、私はどうやって助ければいいのだろう。メグは救われることなど望んでいない。自分の置かれた状況の危うさに、気づきもしないし疑問も持たない。深い穴の底の、さらに足許が崩れ出すまでは。

そうなってからでは、すべてが遅すぎるのだ。

私が視た、最初の最悪の未来。大学を卒業後すぐ、二人は結婚してしまう。結婚式に呼んでもらい、近いうちに新居に遊びに来てねと言われていたのに、メグからの連絡は途絶えてしまう。

最初は新婚で何かと忙しいのねと思い、けれどこちらからの連絡にも応答や返信はなく、年賀状の返事さえ来なかった。

これはもしかして、メグから嫌われてしまったのかしら、結婚式で何か非礼があったのかしらと思い悩み、手紙を書いてみたけれど、やはり返事はなかった。仕事が休みの日曜日、思い切って直接会いに行く。インターホンを鳴らして応答したのは、紛れもなくメグの声だった。私の名を告げると「あ……」と言うなりぶつりと切れて、ドアから出てきたのはカタリだった。

「平石さん、だっけ？」平坦な声で、カタリは言う。「悪いけど、恵美は君に会いたくないそうだ。理由は自分の胸に聞いてごらん」

それだけ言って、ドアは鼻先で閉じられた。そのごくわずかな間に、赤ん坊の泣き声が聞こえてきた。

やはり私は何か、とんでもないことをしてしまったのだ、それでメグに嫌われたのだと、そう思い……打ちひしがれ……それきりメグに連絡を取れなくなってしまった。

そして数年が経ち、メグの実家経由で訃報を聞くことになる。

葬儀で喪主を務めたのは、夫のカタリだった。棺は最初から最後まで、閉じられたままだった。最後の挨拶で、カタリははらはらと涙をこぼしながら、絞り出すように語った。

「実は恵美は産後鬱がひどく、長く苦しんでいました。娘はとても癇の強い子で、体も弱く、子育ては大変だったと思います。恵美は努力家で完璧主義でしたから、思うようにならない子育てに、イライラすることも多かったようです。私もできる限りのことはしたつもりですが、でも、足りなかったんですね……。繊細な彼女は、人間関係でも色々思うところがあったようです。そういったこともすべて、自分の中に溜め込んでしまい、そうして耐えられなくなったのでしょう……ひとえに、夫としての私の力不足です。仕事にかまけ、妻を支えてやれなかったこと、こんなにも不甲斐ない……夫で……ただただ恵美に、申し訳ないと……」そこでカタリは声を詰まらせ、白いハンカチで顔を覆った。会葬者も皆、すすり泣いている。

「この先、父子二人で、恵美の分も強く生きていくつもりです。恵美も天国から見守ってくれているでしょう。本日は、ご会葬いただき、まことにありがとうございました」

そう締めくくり、カタリは深々と頭を下げた。


――それは、私自身が長い間ずっと視ていた、耐えがたい未来だ。メグと出会う前には、ぼんやりとしか視えなかったけれど、それでも哀しくて、怖くてたまらなかった。高校に入学してメグ当人と出会ってからは、恐ろしいほどクリアに、この最悪の未来が見えた……葬儀で悲劇の夫として前に立つ、カタリの姿以外はすべて。

人見知りが激しいとか、社交的な場が苦手だとか、うじうじ言っている場合ではなかった。

やがてメグのご家族にお会いできるようになり、メグの近しい人にも積極的に会いに行き、そして今、カタリ本人に会い、いったいこの先なにが起こるのか、未来の私自身が知るべくもなかったその全貌が、ようやくわかった。

あの男は悪魔だと、メグのお祖母様は未来で言う。そしてそれは、まったくの事実だった。

カタリはとても魅力的な人間で頭が良く、発言力も人望もある。だから人から相談を受けるようなこともある。とても優しく親身に聞いてくれるものだから、相談の回数も増えていく。相談する人の数も。

人は自分の話を熱心に聞いてくれる人にはひどく弱い。とりわけ、否定せず、批判もせず、自虐には「そんなことないよ」と力強く言ってくれる人には。

相談者がすっかり依存してきた頃に、カタリは少しずつ毒を注ぎ始める。それが恋愛相談なら、「そう言えば君の彼氏を見かけたよ……あ、この話はやめておいた方がいいね。外野が余計な口を出したら揉める元だから」などと、思わせぶりなことを言い、けれど決して核心には触れない。そうやって、時には当事者双方に、猜疑の種を撒き散らす。

結果、カタリの周辺では何組ものカップルが破局し、仲が良かった友人同士が絶交し、グループ内では一人が孤立し、その場を抜けていった。三角関係がらみのゴタゴタで、一人が退学し、もう一人は当てつけのような書き置きを残しての自殺未遂騒ぎを起こす。

社会人になってからのカタリは、人の好い先輩を陥れ、同僚をそれと気づかせぬうちに出し抜き、順調に出世してからは立場の低い人間を次々鬱に追い込んでいく。常に完璧な人格者として振る舞っているから、ターゲットにされた人間は誰にも相談できず、しても信じてもらえず、どんどん追い詰められていく――ついには自ら命を絶つところまで。

これはカタリの未来の話だ。けれど間違いなく、過去にも同様のことをやってきているはずだった。今も、現在進行形できっと。

そしてもちろん、カタリは自分の妻となる女性にも、同じことをする。

まずは完全な自分の信者に仕立て上げてから、徐々に親しい者、近しい者と離反するように仕向けていくのだ。そして、あれほど優秀なメグを、君には家にいて欲しいからと、就職もさせなかった。完全に孤立させ、家庭という名の独房に閉じ込めた後、妻の自信を根こそぎ奪いにかかる。趣味の類はすべて「下らない」と切り捨てる。些細な失敗をことさらに咎め立て、社会に出たことのないお嬢様はこれだからと小馬鹿にする。どうして夫の好みをいつまで経っても把握できないのか、妻ならこれくらい察してくれよとため息をつく。

葬儀の挨拶でカタリが言った、メグが努力家で完璧主義だという評価は完全に正しい。勉強でも習い事でも、メグはその努力にふさわしい評価を常に受けてきた。それをひけらかすようなことはなかったけれども、ある程度の自信や自負は、当然持っていただろう。

それが、結婚した途端、まるでうまくいかなくなってしまった。

メグは生真面目すぎる努力家だから、愛する夫から及第点をもらえないのは自分が至らないせいだと思い込み、よりいっそう無理な努力を重ねてしまう。それがどうしたって満点など取れない試験だとも知らず。模範解答なんて、カタリの気分次第でどんどん変わっていくのだ。なのにメグは、夫を失望させてしまったと、深く深く落ち込んでしまう。そこへ追い打ちをかけるように、妊娠、出産だ。

いくらメグが真面目な努力家でも、初めての子育てが、そうそう何もかもうまくいくはずもない。

子供の夜泣きが異常だと責められる。子供がミルクを吐いたといっては責められる。子供の体重が母子手帳の成長曲線通りに増えていない事実を責められる。汗疹(あせも)やオムツかぶれを見つけては、ケアがなっていないと責められる。病気や怪我を責められる。子供にかまけて家事がおろそかになっていると責められる。子供が自分に懐かないのはおまえのせいだと責められる……。

産後の不安定な時期にこれをやられたら、心身共に病んでしまわない方が不思議だ。

未来の詳細が見えてくるにつれ、嫌悪感がつのるのはもちろんのこと、カタリはなぜこんなことをするのだろうと、不思議でたまらなかった。メグは暖かい陽の光と、慈しむような雨の下でなら、道行く人が皆立ち止まるような、美しさと芳香をたたえた花となれる人だ。彼女の笑顔で幸せになれるし、優しい気遣いにきっと癒やされる。穏やかで快適な、理想の家庭を築いていける人だ。妻としても、母親としても、これ以上優秀な人を探すのも難しいくらいだろう。なのになぜ、せっかく手に入れた高価な花を、わざわざ枯らしてしまうような真似をするのだろう。そこにいったい何のメリットを見出しているのだろう。

まったく理解できなかった。理解なんて、したくもない。けれど、理解しなければならないのだ。でなければ、彼の行動原理もわからず、どうすればメグを救えるのかもわからないのだから。

直接カタリに会ってみて、彼の未来を垣間見て、私は懸命に考えた。

カタリはおそらく、他人のことを石ころ同然に思っている。だが、他人に興味がないわけじゃない。ただしそれは、石ころを気まぐれに拾い上げ、角度を変えては投げてみて、水の上を何回跳ねるかじっと観察しているような、そういう興味だ。そして石の中には稀に、ダイヤモンドのように高価で美しい石もある。そんな石なら大好きだ。それを所有することで、他者に羨望され、一目置かれることが大好きだ。そして手に入れた宝石を、おもちゃにして遊んだり、わざと粗末に扱うことも。

猫が捕らえた獲物をなぶって遊ぶような行為を、いったいどうすればやめさせられるだろう？

二人の馴れ初め話を聞きながら、私はずっと考え続けていた。

――もし、飽きっぽい猫の前に、とても興味が惹かれる新たなおもちゃが置かれたらどうだろう？

私はそのおもちゃになれるだろうか？　メグに附属する不要物として切り捨てられず、しがみついたままでいられるだろうか？

私はメグのように、ダイヤのきらめきでカタリを惹きつけることはできない。容姿もぱっとしなければ、実家が資産家なわけでもない。もちろん豊富な人脈も持っていない。だけどもしかしたら、鉄鉱石のように有用だと思わせることはできるかもしれない。

私に、カタリが興味を抱くようなカードは一枚もない。

——未来を視ることができる、この特殊な能力を除いては。


別れ際、私はカタリにだけ聞こえるようにこう言った。

「近いうちにおばあさんとぶつかると思うけど、親切にすればきっといいことがありますよ」と。

虚を衝かれた、という、カタリにはかなり珍しいであろう表情を引き出すことに、私は成功した。おそらく彼は、このぼうっとした、何の興味も持てない女が、いきなり何を言いだしたことかと思っただろう。

怪訝そうにこちらを見返す憎い敵に、私は必死の思いで意味ありげな笑顔を向けた。

ただ一枚の切り札を、私は使った。

未来はきっと、変化する。

9

「――やあ、カッサンドラ。今日は予言はしないのかい？」

背中越しにいきなり声をかけられて、びくりとした。

水場で大量の野菜を洗っていたところだった。水音で、人が近づく気配に気づけなかった。

振り返らずともわかる。カタリだ。

初対面の日からふた月ほど経った春の日、メグからちょっとした集まりに誘ってもらった。

大学のサークルがらみの気軽なパーティとのことだった。

『私なんかがお邪魔して大丈夫？』と尋ねたら、『堅利さんが徹子さんも呼んだらって言ってくれたのよ。彼が幹事だから大丈夫。他大学の人もいっぱいいるし。堅利さんたらね、徹子のことを褒めていたわよ。何だかミステリアスな人だねって』

さすが、人を見る目があるわと、メグは嬉しげにつけ加えていた。

『ありがとう、ぜひ伺うわ』と答えつつ、私はほっと胸を撫で下ろしていた。取り敢えずカタリの中で、〈不要物〉に分類されることだけは免れた。一度限りかもしれないチャンスを、私は辛うじてものにしたのだ、と。

会場は大学生らしくカジュアルなレストランだったけれど、参加している若い男女は皆とてもお洒落だった。安物のワンピース姿の私はさぞかし浮いていたことだろうが、気後れしている場合ではない。ここに集まっているのは、多少なりともカタリに関係のある人達だ。彼らの未来を視ることができたら、もしかしたらメグを救うための道も見つかるかもしれない。

最初にメグとカタリの二人に挨拶をしたら、カタリは『やあ、よく来たね』と快活に言い、探るような目でじっと見られた。

最初に会った日の翌週くらいに、カタリは銀行から猛烈な勢いで出てきた老婦人とぶつかったはずだ。非は相手の方にあるとは言え、弾みで尻餅をついたおばあさんをちらりと見やり、カタリはそのまま歩き去った……はずだった。本来ならば。

私の言葉が頭の片隅にあったカタリは、素早く老婦人を助け起こし、丁寧に謝罪した。すると老婦人はにっこり笑って、『学生さんかい？　今どき珍しく、礼儀がなっているじゃないか。これ、お小遣いの足しにしなさいな』と万札をくれた、はずだ。

それがカタリにとって「いいこと」かどうかは微妙なところだ。ただ、続けて得られた情報は、彼にとっては興味深かったはずだ。

件の銀行から転がるように出てきた男性が、仰々しい口調で老婦人に声をかけたのだ。

『久我山（くがやま）様、大変失礼いたしました。先ほどの者は赴任してきたばかりでして、後でよく叱っておきますので、何卒（なにとぞ）……』

私達の親世代に見える男が、平身低頭している。老婦人はしばらくはむくれていたようだったが、やがて機嫌を直し、行員らしき男と共に銀行の中に入っていった。

おそらく相当な大口の顧客だと思われたが、その正体をカタリが知ったのは、その翌週のことだった。新聞の訃報欄に、「久我山セツ」の名が載ったのだ。その年齢と住所から、もしやとネットで検索したら、まさしくあの時ぶつかった老婦人の写真入りの記事が見つかった。夫と共に興した会社で、一代で財を成した資産家である。

カタリがこの事実を知って、何を思ったのかまではわからない。ただ、彼はこうつぶやくのだ。

『あらら、残念』と。

私が彼に何か言おうと言うまいと、久我山セツさんの死という結末は変わらない。だから、伝えた。このことが、何がしかのフックとなることを期待して。

私がパーティに呼ばれたのも、それが餌として機能した結果なのだと思う。

カタリとメグは、明らかにその場の中心人物であり、花形だった。ひっきりなしに声をかけられ、二人ともその対応で忙しい。私はゆっくりと人混みの中を回遊した。私の能力は、のべつまくなしに発動するものではない。けれど意識を一人一人に集中することで、〈視える〉確率は上がるような気がしている。

一人、気になる女性がいた。黒髪ロングのきれいな人だけれど、明らかに浮かない表情で、ひたすらグラスのワインを空けている。その女性が私の視線に気づき、戸惑ったような、やや不快そうな顔でこちらを見返してきた。

ほとんど無意識のうちに、私は口を開いていた。

『その人を試すのに、命なんて賭ける価値はないと思います……たとえ本当に死ぬ気はなかったとしても。その人は来ないですよ。うっかり死んでしまったら、どうするの？』

女性は大きく目を見開き、『何言ってんの？　キモイ』と吐き捨てて、さっと人混みに紛れてしまった。

『……ふうん』と背後から声がして、どきりとする。『君はまるで、カッサンドラだね』

それはギリシャ神話に出てくる予言者の名前だ。振り返る前から予期していたが、目の前にはカタリがいた。

私はただ黙って、相手の言葉を待った。沈黙合戦は私の勝ちで、カタリは軽く微笑んで口を開いた。

『恵美は君のことを、不思議な人だと言っていたよ。どこか他の人とは違う、特別な感じがする。初めて会ったときからそう思っていたってね。僕も同意見だよ。前に君から言われた通り、年寄りに親切にしたらお小遣いをもらったよ……その後すぐ、年寄りは亡くなったけどね』そこでまた言葉を切るが、やはり何も言わない私に、カタリは揶揄するような笑みを浮かべた。

『ずいぶんおとなしいんだね。君が饒舌になるのは、予言をするときだけかい？　さっきの話、聞こえていたよ。つまり君は、人の生き死にが視えるってことなのかな？　もしかして、君の大切な友達の未来でも視えた？』

それに対しても沈黙は貫き続けたけれども、動揺は隠せなかったかもしれない。カタリは声を上げて笑った。

『なんてね、冗談だよ。気を悪くしたらごめんよ』

背中がすうっと冷たくなる。なのに握りしめた拳には、じっとりと汗をかいていた。

『もうっ、二人とも探しちゃったじゃない』

ふいに肩を叩かれ、その声の主がメグだったので一気に緊張がゆるむ。

『楽しそうね。いったい何の話、してたの？』

『徹子さんが一人になってたからさ、しょーもない冗談言って、どん引きされてるところ』

『もー、ごめんねー、徹子。この人、見かけによらずふざけんぼなのよー』

美男美女、とてもお似合いに見えるカップルが、口々に言う。とても楽しげに、朗らかに。

『ごめん、メグ』ようやく私は口を開いた。『さっき間違って、お酒を飲んじゃったみたいなの。少し気持ち悪くなってきちゃったから、これで失礼するわ』

実際、胸の奥がむかむかしていた。原因は、アルコールではなかったけれど。

『え、大丈夫？　家まで送って行こうか？　その前に、どこかで休む？』

メグが心配そうに顔をのぞき込んでくる。私は慌てて首を振る。

『大丈夫、外の空気に当たれば治るレベルだから。でももうこれで失礼するね』

そう言い残し、私は自分にそぐわない、華やかな会場を後にした。外に出て、ひんやりとした空気を吸ったときには、心底ほっとした。あの場はカタリが吐いた毒で、息をすることも苦しいほどだったから。

要するに、私は不甲斐なくも逃げ出したのだ。カタリという、恐怖から。

帰る道々、考えた。

——つまり君は、人の生き死にが視えるってことなのかな？

カタリの言葉が、幾度も脳裏に甦る。

彼は私を、ギリシャ神話の登場人物になぞらえていた。

トロイアの王女、カッサンドラは凶事の予言者だ。トロイアの破滅や、アガメムノンの暗殺を予知していながら、結局防ぐことができなかった悲劇の予言者だ。

我が身を振り返ってみるに、私が視ることができた未来は、確かに悪いことが多い気がする。ごくごく些細な事柄を除けば、良いことと言えば弟の誕生を予知したことくらいか。そう言えば、弥子ちゃんの第三子の誕生も視えたんだった。つまりは、命に関わるような大きな出来事は視えやすい、ということなのかもしれない。

私が思わず忠告をしてしまったあの女性には、まず間違いなく、カタリが何らかの形で関わっているのだろう。彼は、金魚鉢にわざと毒を垂らし、美しい金魚が苦しむ様を楽しんでいるのだ。

だから、私が口にした未来を、あり得るものとして即座に理解できた。そして同時に、私の最初の〈予言〉も、偶然ではなさそうだと判断したのだろう。もちろん、まだまだ半信半疑なのだろうけれども。

ここまでは一応、想定していた通りだ。私の望みは二つ。

カタリに私に対する興味を持たせること。彼を見張れるポジションを獲得すること。

最初の分はどうにか成功したらしい。けれど二番目の方は、なかなか難しい。他大学に通う身であり、しかも友達の彼氏という立場の人に、そうそう頻繁に会えるはずもない。

何より、私はカタリが恐ろしい。断崖絶壁ではるか眼下を見下ろしているみたいに、彼の前に立つと途端に脚がすくんでしまうのだ。

私の恐怖はおそらく相手にも伝わってしまっている。カタリを目の前にして、まあなんて素敵な人と、うっとりする女性は珍しくなくても、小動物のようにびくびく怯える女は私くらいのものだろう。それが、余計な好奇心を持たせてしまっている気がする。カタリとは離れすぎてもダメだが、近づきすぎるのは危険だ。私の能力について、他人に知られるのは百害あって一利無しだろうから。ましてや、カタリみたいな人間ならなおさらだ。

「もしや？　でもまさか」くらいの疑念に留まってくれるのが一番望ましい。

――もう手遅れかもしれないけれど。


そして夏になり、キャンプに誘われた。

メグがカタリと付き合い始めてからは、直接会う機会も減っていた。それが彼に紹介されてからはむしろ、お誘いのペースが上がっている。おそらく、カタリの意思が含まれているのだろう。

弟が生まれて、父がやたらと張り切ったから、アウトドアにはそこそこ慣れていた。けれど立場のよくわからない私が出しゃばるのも何なので、ひたすら野菜を洗ったり切ったり、調理器具を洗ったりの、裏方仕事に徹していた。

そこに、カタリが声をかけてきたのだ。

「やあ、カッサンドラ」と。

「大変だね。手伝おうか？」

泥のついたジャガイモをちらりと見て、カタリは言った。手を出す気などまったくないのがよくわかる、いかにもおざなりな言い方だった。

「いえ、大丈夫です」

返す私の声は、自然と硬くなる。

「……カッサンドラは働き者だねえ」

揶揄するような口調に、私は軽く肩をすぼめた。

情報を与えすぎてはいけない。私の意図を、気取られてはいけない。相手を煙に巻くような会話力も、空とぼけるような演技力もないのなら、ただ黙っているしかない。

「徹子、まだかかりそう？　手伝おうか？」

遠くからメグに声をかけられて、私は精一杯朗らかな口調で返した。

「大丈夫、すぐ終わるわ」

カタリはさっと離れて恋人のもとへ帰っていく。私は蛇口をいっぱいに開いた。家でも外でも、今までそんなふうに水を出したことはない。けれど、粘つくような不快感を、ジャガイモの泥と一緒に洗い流してしまいたかった。

キャンプとは言っても、炊事場だけでなく、屋根付きのバーベキュー炉も完備された至れり尽くせりの施設だ。電源があるからお湯は電気ポット持参、ご飯はレンタルの炊飯器も使えますよという、なんちゃってキャンプである。何しろ風呂トイレ付きのコテージが用意されているのだから、テントを建てる必要さえない。お洒落なカフェや日帰り温泉まで併設されている。上流階級のキャンプ、という感じ。家族で行っていたキャンプ場がごくごく庶民的なところだったからそう思うのかもしれないけれど。

夕食のとき、ちょっとしたアクシデントがあった。一人の女の子の服に、バーベキューの炎が引火したのだ。いきなり肉の脂が燃え上がったことと、女の子が着ていた服が、七分袖の袖口に、ひらひらした素材のリボン飾りが付いたデザインだったことが重なった結果だ。

女の子の彼氏らしい男の子が、慌ててタオルで火を消し止め、近くに置いてあったバケツの水に袖口ごと手をつけさせて、大事にならずに済んだ。女の子がシクシク泣き出したから、火傷（やけど）でもしたかと思ったけれど、「この服、気に入ってたのにー、高かったしー」ということで、どうやら大したことはなさそうでほっとする。

「ならキャンプになんて着てくるなっつの」

私のすぐ耳許で、カタリがぼそりと言った。

「しっかしけっこうよく燃えたなあ……あれさ、さっきこっそり油を染み込ませといたんだよね、『可愛い服だね』とか言って、さり気なく。手にたっぷり油塗っといてさ」

「なんてことを」

ぎょっとして振り返る。カタリの顔が、すぐ近くにあった。

「あ、やっとまともにこっち見た」

「なんでそんなひどいことを……」

「ひどいかなあ？」カタリはにやりと笑った。「多かれ少なかれ、みんな思ってたんじゃないの？　あれ、危なくないかなあってさ。注意してやらなかった時点で同罪でしょ。それに君は、わかってたんじゃないの？　だからわざわざバケツに水汲んでおいたんでしょ？」

「それはキャンプをするときの当然の用心です」

「ああそうか。君は基本、恵美以外の人がどうなっても、別にどうでもいいんだっけ？」

あくまで小声でささやくように、カタリは毒を流し込んでくる。

「そんなこと！」

思わず大声が出ていた。カタリは一歩引き、普通の声になって言った。

「冗談だよ。君はほんと、冗談が通じないね」

「もうっ、堅利さんたら、また私の大事な友達をからかってるでしょ」

恵美がぷんぷん怒りながら割り込んできた。

「ごめんね、徹子。この人ったら、ほんとにびっくりするくらい、タチの悪い冗談を言ったりするのよ。もうっ、やめてよね、徹子は真面目な子なんだから」

「ごめんごめん。徹子さんがあんまりクールだから、ちょっと動揺させてみたかったんだよ」

「もうっ、ほんとにやめてよねー」

「ごめんってば。そんな怒るなよー」

後半は既に私はお邪魔な雰囲気だ。

食後、散歩に出かける二人を、私は複雑な思いで見送った。

カタリと手をつないで歩くメグが、あまりにも幸せそうだったから。

飲み会は遠慮して、コテージのお風呂に入ろうとしたら、メグに「せっかくだから温泉に行きましょ」と誘われた。

施設への道々、メグがおずおず顔を寄せてきた。

「ね、徹子。怒らないで聞いてね？　もしかして、だけど、徹子は……堅利さんのこと、好きになっちゃった？」

　何を言われるのかと身構えていた分、あまりのことに体の力が抜けた。

「……どうしてそう思ったの？」

「だっていつも、思い詰めたような目で彼のこと、見ているんだもの」

それは、そうなのかもしれない。熱烈に人を愛することと、心底憎悪することとは、実はよく似ているのかもしれない。心の大半を相手に奪われ、相手の言動にいちいち動揺し……。

　私は慌てて首を振る。

「それは、誤解よ。もし特別な気持ちがあるとしたら、メグを取られた嫉妬かな？」

「やだもう。恋愛と友情は別でしょう」とメグは笑う。もともと、深刻な疑惑というわけでもなかったらしい。

けれどたとえわずかであっても、メグに疑念があるなら晴らしておく必要があった。

私はスマホを取りだし、一枚の写真を見せた。

成人式の日、護が送ってくれたツーショットだ。

「ほら」と言うと、メグの顔がぱっと輝いた。

「森野君と付き合ってたのね。やだ、もっと早く言ってよー。私、ずっと前から二人はとっ

ても お似合いだと思ってたのよ」

良かったー、本当に良かったーと、繰り返し言っていたところを見ると、実際のところ、かなり心配していたのだろう。まさかカタリが私に心を移すなどとは思わないにしても、彼が私に妙にかまってくることは事実だったから。そして親友が彼氏に横恋慕なんてことになったら、気まずいどころの騒ぎではなくなるのが目に見えているから。

私は今、薄氷の上を息を殺して歩いている。

未来は、変わらない。無理に無理を重ねて、怯える自分を奮い立たせてカタリに近づいてみても、結局未だ最悪の未来は変わっていない。メグに嫌われ、疎遠になった挙げ句の訃報よりは、いくらかましという程度の変化でしかない。それだって、いつ氷を踏み抜いて、元の木阿弥（もくあみ）になるかもわからない。

何をどうしても、最悪の未来は動かない。

もうどうしていいか、わからない。

今まで何度も何度も、そう思い、絶望しかけては、なんとか踏みとどまり、歩いてきた。常に心の片隅にあり、ずっと恐れ続けてきた疑念を懸命に振り払いながら。

――正解は、本当にあるのだろうか？

私はただ虚（むな）しく、当たりくじの入っていない箱を掻き回しているだけなんじゃないだろうか？　代償として、とても大切な物を支払い続けながら。

泣きそうになるのを、唇を噛み締めて、懸命にこらえた。昔のように、メグの前で泣いてしまうことすら、今はできない。うっかり涙をこぼそうものなら、せっかく晴らしたメグの疑惑が、やっぱりそうだったのねということになる。そうしたら、もうメグの側にはいられない。彼女を救う術が、断たれてしまう。それだけは、ダメだ。

護が記念にと送ってくれた写真を使って、卑劣な嘘までついたのだから。

今はどうしてもつき通さなければならないこの嘘が、護にもメグにも申し訳なく、胸に刺さって痛かった。

少しでも早く、シャワーで洗い流してしまおう。泣きそうな気持ちも、最悪の未来も。全部全部、きれいさっぱり、水に流してしまおう。

そう一心に念じつつ、私は暗い小道を大切な友と二人、歩いて行く。

10

看護師になることを選んだのは、いくつかの点で都合が良かったからだ。

まずは、金銭的なこと。就職が比較的容易で、給料も良い方だとされている。もちろん、その分責任も重く、質量共にハードな仕事であるのは承知の上だ。

大学を受験する際、母は私立のお嬢様大学を受けさせたいような口ぶりだったけれど、看護師になりたいのだと言ったら、反対はしなかった。母の場合、反対しないということはほぼ、賛成しているということなのだ。それはもちろん、私の背中を強く押してくれた。

けれど最も大きな理由が他にあった。


研修医として、職場に初めてカタリがやってきたとき、同僚の看護師は、とりわけ若い子達は、ひどく浮き立った様子を見せていた。メグと同じく、あっという間にカタリに魅了されてしまったのだ。彼氏がいると言っていた子も、そうでない子も、そんな若い子達を苦々しげに見ていた先輩までも、いつの間にかそうなっていた。

おかげで職場には、ゆるんだような、それでいてひどく張り詰めているような、おかしな空気が漂うようになってしまった。

別にカタリを庇(かば)うわけではないが、そのこと自体には彼に落ち度や悪意があるわけではない。若い独身の医師で、その上容姿もいいとくれば、女性から人気を集めない方が不思議だろう。そして社会人になったカタリは、学生時代に私が怯え続けたあの嫌な感じを、ほとんど表に出さなくなっていた。自分に気がある看護師達に、思わせぶりなことを言うわけでもない。

職場で私を見つけたときにも、ごくごく普通のトーンで、「やあ、平石さん。こんなところで再会するとはね」と気さくに笑っていた。同僚から一斉に、「知り合いだったの？」と尋ねられ、私が答えるよりも早く、カタリは言った。

「僕の婚約者の親友なんだ。学生の頃からよく知ってるよ」と。

たぶん、同僚達は落胆の色を浮かべたのだろう。そして私は一人、喜んでいた。

最初にメグの存在を自ら公表するということは、自分に好意を寄せる女性の気持ちを弄ぶつもりはないのかもしれない。彼は昔ほど、悪意の人じゃないのかもしれない。

私でさえしばらくの間、そんな希望を抱いていた。人間の善性を信じたかった。人は変わると信じたかった。それに何より、メグのような女性と長く接して、良い方向に影響を受けるということは、大いにありそうだと思えた……たとえそれが、あのカタリであったとしても。

カタリがやがて医師としてやってくる病院に、私が先んじて勤めていたのは、もちろん偶然ではない。予め知っていた未来を元に、色々考えた末に自分で選んだのだ。同じ職場になれば、長時間、カタリの動向を見張ることができる……そう思ったのだ。

実際は同じ病院内とは言っても、医師と看護師では当然ながら立場も違うし、仕事内容も全然違う。私達は患者さんと向き合い、先生は病気そのものと向き合う。そして双方、目が回るほどに忙しい。カタリとの会話はあってもほぼ仕事の指示だし、向こうから気まぐれに話しかけてくることはあっても、それを展開させるような時間はお互いにない。未来を視ること、そして変えること。どちらも仕事の片手間にできるようなことではなかった。

医師としてのカタリは、とても優秀であるらしい。院長先生のおぼえも大変めでたいと、ナースステーションでも評判だった。

「影山先生ってクールで素敵よね」なんて噂話を耳にすると、なんとも言えない気持ちになる。

「影山堅利は冷酷で無敵」

誰にも聞こえない声で、言葉遊びのように一人つぶやく。同僚の褒め言葉を悪意を込めて言い換えてみたところで、何の意味もない。

カタリが患者さんと接しているところを見ると、あまりにも冷静で淡々としすぎているようにも思う。患者さんにとっては残酷な告知内容を伝える口調は、普段と何も変わらない。動揺し、悲嘆に暮れる患者さんやその家族に、何か慰めの言葉をかけるでもなく、事務的に治療計画を述べている。

そういった部分を、冷酷だと思った。けれど後になって、医者としてはこれが正しい態度なのかもしれないと考えるようにもなった。

カタリとは正反対の医師がいたのだ。患者さんと真摯に向き合い、その苦しみに寄り添い、共感する……そんな人だったから、患者さんからの人気も高かった。彼の人柄を褒めたたえる人は、よくカタリのことを引き合いに出したものだ。

「影山先生は何か、ちょっと冷たい感じで、色んなことも聞きにくいよね」などと。

けれどその医師は、数年経たないうちに心身を病んで退職してしまった。

良い悪いではなく、正しいかどうかでもなく、けれど結局はカタリのような人間の方が、医者という職業には向いているのかもしれない。

そんなことを思いつつ、実はカタリのことを見直してさえいたのだ。今の彼は学生時代のように、「カッサンドラ」などと私を揶揄することもない。同様に、集団の人間関係をわざと乱して楽しむようなことも、人の弱みをじわじわと責めて、誰かを追い込むようなこともしていない……そう思っていた。

人はちゃんと良いように変わるのだ。ならば未来もきっと。

何度も何度も、自分にそう言い聞かせていた。

——結局のところそれは、願望混じりの甘い見通しに過ぎなかったけれど。

少しずつ、職場の空気は悪くなっていった。まるで密閉された部屋の中で、じわじわと酸欠になっていくように。

もしかしたら、カタリが何かしているのかもしれない。けれど少なくとも、私が目にすることができる範囲内では、彼は見事なまでの人格者だった。もちろん、不穏な未来も視えなかった。

一方で、メグとカタリの結婚準備は着々と進んでいた。たまに会うときには、メグはとても幸せそうで、悩みと言えば結婚式であれを選ぶかこれを選ぶかといった問題ばかりのように見えた。

色んなパンフレットやカタログを見せられて、「これとこれ、どっちがいいかしら。それとも他のがいいかしら?」なんて真剣そのものの面もちで相談を受けている時点で、昔視た未来とはだいぶ違ってきている。この流れなら、いずれ最悪の未来も消えるかもしれないと思いつつ、私はメグの話に相槌を打ったり、毒にも薬にもならないような意見を言ったりしていた。

そんなふわふわした幸せに影が差したのは、それから間もなくのことだった。

私が夜勤ありの交代勤務だったから、できる限りこちらからメグに電話やメールをするようにしていた。返ってくるのは、いつも浮き浮きしているような口調や文面だったのが、いつからか、憂鬱の色が混ざるようになっていた。

最初はこれがあのマリッジブルーかしらと思い、それならうまく誘導すれば今からでも破談に持って行けないかと腹黒いことを考えたりした。けれどどうも、そういう様子でもない。メグは相変わらず、カタリのことを心から愛し、多忙な彼の健康を案じている。その部分に於いては揺らぎはなさそうだった……残念ながら。

「……たぶん、大したことじゃないの、大丈夫」と繰り返すわりには、やはり浮かない声だった。

とにかく直接会わないことには未来も視えないと、休日にメグの家を訪ねて行った。私の顔を見て、メグはにっこり笑ったけれども、その直後、その大きな目から涙がぽろりとこぼれた。

どうやら彼女は、誰ともわからない人間から嫌がらせを受けているらしいのだ。

「最初はね、ただの悪戯かと思ったのよ」とメグは言った。悪戯……というには少々タチの悪い電話が、複数回あったのだ。

「堅利さんのことが好きな女の子なのは、間違いないと思うの。あの人すごくモテるから……学生時代から、そういうことはよくあったし」

後半はほぼノロケだけれど、メグの表情は硬かった。

電話はメグを名指しでかかってくるらしい。内容は、カタリがいかに完璧で素晴らしい男性か、それに引き替えおまえは婚約者としてはふさわしくないからさっさと別れろブス……といったもので終始一貫しているらしい。ひとしきり言い終えたら、名乗りもせずに切るとのことだった。

そしてつい最近、どこで知ったのかメグのスマホに画像付きのメールが送られてきた。現物を見せてもらったら、「堅利さんの寝顔、可愛い」というハート付きのタイトルに、すやすや眠るカタリの写真だった。一瞬、うわっと思ったが、よくよく見ると彼が寝ているベッドはどう見ても、病院の仮眠室のものであった。

いちいち相手をするのも嫌なので、常に留守番電話にしておいたら、メールが来るようになったらしい。留守電の方にも、一度その女からのメッセージが吹き込まれていたとのことで、私も聴かせてもらった。

「あたしー、堅利さんと付き合ってるからー、あんたがさっさと身を引けばー、あたしが堅利さんと結婚するしー」

語尾を引く甘えたような話し方と、鼻にかかったような声になぜか聞き憶えがあった。

「……このことは少し私に預けてもらえるかしら」

そう言ったら、聡明なメグはある程度察したらしい。

「変なことに巻き込んでごめんね。悪いけど……お願い」

とても申し訳なさそうに、そう言った。

11

結末から言えば、やはり嫌がらせをしていたのは私も知っている人物だった。看護師仲間で後輩の柏木くるみである。検査技師や男性看護師からは名前をひっくり返した「ミルクちゃん」という愛称で呼ばれていることからもわかるように、異性からの人気は高い子らしい。同性から見ても、小柄で色白で愛くるしい顔立ちをしているなと思う。

今回のことは、そのミルクちゃんがカタリに横恋慕した挙げ句の暴走だった。

本人に確認に行ったら、最初は何のことと、とぼけられたけれど、林家の固定電話にバッチリ彼女の携帯電話の番号が残っている。留守番電話の音声と併せれば、どう言い逃れしようもない。

何でそんなことをと問い詰めたら、「だって堅利さんのことが好きなんですー」と、予想通りすぎることを言う。

「だからってそんな嘘を」

「嘘じゃなくなるかもしれないじゃないですかー、自慢じゃないけど、今まであたしが本気で押して落ちなかった男、いないし──。婚約者とか超邪魔だし──、破談になったりしないかなーなんて」

呆れるようなことを、どうやら本気で言っている。メグのアドレスなどは、仮眠中のカタリのスマホを勝手にチェックして入手していた。

「だってパスコードは堅利さんの誕生日だったし、楽勝だもん」と得意気に言われて脱力してしまった。

回りくどいやり方は苦手なので、もう一人の当事者であるカタリに直接話を聞きに行った。もしカタリがミルクちゃんに勘違いさせるような言動を取っていたのなら、いっそこの二人でお付き合いすればいいのだ……もちろん、メグには真摯に謝罪してもらうとして。その場合、メグが嘆き哀しむであろうことは想像に難くないけれど、少なくともメグの未来はきっと明るいものになる。彼女ほどの人であれば、すぐに素敵な出会いもあるだろう。

だから、むしろこれは好機とばかり、多少鼻息も荒くカタリのところに出向いたのだが、話を聞いた彼はどうやら本気で驚いていた。

「教えてくれてありがとう。そんなことになっていたとは知らなかったよ。恵美は僕に余計な心配をかけまいと黙っていたんだな……そういう健気なところが、彼女のいいところでもあるんだけどね」

ぬけぬけとそんなことを言う。

この時点でも私はカタリを疑っていて、何かしたに違いないと決めてかかっていた。ところが、同僚にそれとなく聞いてまわっても、カタリの方からミルクちゃんに何か思わせぶりなことを言ったりしたふうでもないのだ。

そしてそれきり、メグに対する嫌がらせはぴたりと止まった。ミルクちゃんがことあるごとに私に恨みがましい視線を投げてくるところを見ると、カタリからしっかりと釘を刺されたものらしかった。

彼女から多少恨まれて気まずくなっても、メグの憂いを払うことができて、溢れるような感謝の意を伝えられ、ひとまず私としては満足すべき結果に終わった。と同時に、カタリについて、認識を改める必要があるのではないかと思った。

院内の空気が悪くなったのも、ミルクちゃんに代表される一方的な恋愛感情の押しつけのせいならば、カタリに非があるとするのは理不尽なのかもしれない。若い医師が心身を病んだのも、どんな職場でも一人二人には起こりうる不幸な出来事であり、カタリが関与していると決めつけるのは早計なのかもしれない。

だって私の知る限り、カタリは何もしていないのだから。

カタリを絶対悪だと決めつけていた私の定義が、だんだん揺るぎ始めていた。もしかして、本当にカタリは良い方に変わったのだろうか？　自分の都合のみで看護師になった私などとは違い、医者として人を救いたいという、高邁(こうまい)な理想を抱くに至ったのだろうか。

まさかカタリに限ってそんなはずはないと思い、けれどもしかしたらと思う。

こんなにも揺らぎ、迷うのは、私の未来を視る力が衰えている気がするからだ。ごく近い未来なら、わりとよく視える。けれど数ヵ月、数年単位の未来が、どうにもぼやけるようになっている。意識を強く集中しても、なかなか視えてこない。

こんな力、ない方がいいと、ずっと思ってきた。きれいさっぱり消えてしまったら、どんなに清々するだろう、と。

けれど、今は困る。勝手なことを言うようだけど。メグを救うための、たった一つの武器なのだから。

もし、私が見た目通りの平凡な人間だったとしたら。未来なんて視えず、先のことなんて知らずにいたら。他の人と同じように私は、カタリのことを魅力的な男性だと思い、メグとカタリが順調にお付き合いを続けることを、微笑ましく、温かく見守っていたことだろう。その先にある不幸に際しても、ただ呆然と嘆き、哀しむばかりで、誰かを憎み呪うなんてことはきっとなかった。

ただ、その方が幸せだったとは、今は思いたくはない。何も知らないまま最悪の未来を迎いるのだから。
えることと、知った上であがくこと。どんなに辛く苦しくても、私は後者を選ぶに決まって
遠い未来が視えにくくなっていることと、未来が実際に変わる、変わった、という過去の
実績。その二つが、私の思いきった行動を妨げている。メグは心からカタリを愛している。
もしカタリがメグを真に慈しみ、幸福な家庭を築こうと努力してくれるのなら。間違いなく
それが、メグにとって最上の未来となるだろう。
そんな迷いと期待に足を縛られて、私はそこで立ち止まってしまった。学生のときからず
っと、何とかしてメグからカタリを引き離そうとしてきたけれど、何ひとつ成功しなかった。
今となってはなおさら困難なそのチャレンジを、私は甘い未来予測から放棄してしまった。
視えた未来こそが正しく、私の予測なんて単なる希望的観測に過ぎなかったのに。
私は最後の最後まで、あがき続けるべきだったのだ。たとえメグから嫌われようと。周囲
から顰蹙(ひんしゅく)を買おうと。
日々の過酷な仕事と向き合ううちに、かつての決意も喪っていた。そして再会してからの
カタリは、あくまで優しく、物腰柔らかな紳士だった。いつの間にか私は、その医師として
の仕事ぶりを尊敬さえしていた……。

病院の敷地内に、お気に入りの場所があった。小さな花壇と、古いベンチが一つあり、病院の窓からは死角になっている。ときおり、長い待ち時間に疲れた患者さんが迷い込むこともあったけれど、診療時間外にはまず誰も来ない。

夜勤に入る前に、私はそこで一人ぼんやりとしていた。今夜、担当の患者さんが亡くなる。それがわかっていたので、自分がなすべきことの手順を、覚悟と共にゆっくりと反芻していた。

空には大きな満月があった。ふいに足許に、月光による影が落ちる。びくりと顔を上げると、そこにカタリが立っていた。

「やあ、カッサンドラ」

学生のときと同じ、揶揄するような口調で彼は言った。

その悪意に満ちた声を聞いた瞬間、私は自分の過ちを、愚かしさを悟った。

カタリは良い方に変わってなんかいなかった。過去も、そして未来も、カタリはカタリでしかないのだった。

「また、誰か死ぬの？　君の担当だとそろそろヤバイのは、４０３のあのジジイかな？」

とても朗らかに、カタリは言った。合間にくすくす笑いさえしながら、カタリは続ける。

「君がここに来ると、誰か死ぬ。気づいていたよ、けっこう前からね。病院ってところはさ、人が面白いように死んでいくよね。君はさ、看護師になんてなるべきじゃなかったんだよ。明らかに失敗だった」

「……何を、言っているの？」

ようやくのことで、干からびた声を絞り出す。質問の形は取ったけれど、既にその答えを私は悟っていた。

「とても有意義な実験をさせてもらったよ」相変わらず楽しげに、カタリは答えた。「たとえばあの、なんていったかな、ああ、くるみちゃんだ。僕らの間では専ら、ミルクタンクって呼ばれてたけどね。色白でチビで胸だけデカくてさ。同僚はみんな言ってたよ、遊ぶには、ああいう子がいいって。でもあの子、ひどい勘違いをしてたよね。看護師風情が医者と結婚できると思っているんだから。当然だけど、医者は看護師を選ばない。そりゃ、よっぽどの美人とか、よっぽどの金持ちとか、個人病院の一人娘とか、そういうんなら話は別だけどね。あの子じゃなあ……胸のデカさだけが取り柄で、頭は空っぽときている。だから、簡単に操れたよ。わざと隙を見せたり、無防備になってみせたりしてね。あまりにも簡単に踊ってくれるもんだから、むしろ興醒めしたくらいだよ。嫌がらせの電話をするのに、自分の番号を残していくなんて、まさかあそこまでの馬鹿とはね」

月の光の下で、カタリは楽しそうに笑った。

「……じゃあ、桜井さんが辞めてしまったのも？」

心身を病んで辞めてしまった医師の名を出すと、カタリはいっそう嬉しげに声を立てて笑った。

「ああ、あれも簡単だった。くるみちゃんもそうだったけど、桜井もさ、ああいう、今にも落っこちそうなところをふらふら歩かれたらさ、そりゃあちょいと背中を押してやりたくなるよね。人間の性ってやつさ。でも正直言って、そういうのは大して面白くないんだけどね」

言葉の内容とは裏腹に、カタリの様子はいっそ無邪気な子供のようでもあった。

「その点、君は実に面白いよ、カッサンドラ。ねえ、悲劇の予言者さん。僕は仮にも医者になるような人間だからさ、非科学的なことは一切否定してきたんだよ……君と出会うまではね。君の能力を知ってからだって、ずっと疑っていたよ、もちろん。心理学で言うところの、予言の自己成就とかね、そういった類じゃないかと考えもした。

だけどやっぱり、どうしてもそれじゃ説明がつかなかった。君は他の人間のようには、僕に騙されてくれないし、操られてもくれない。そして最初から僕のことを敵と見做していた。その理由もすぐにわかったよ。僕は君の弱点を常に握っていたんだ。そう、君の大事な大事なお友達さ。

ずっと興味深かったんだよね。君はどうしてこれほど恵美にこだわるんだろうってね。下らない連中から、よく言われなかったかい？　引き立て役ってさ。恵美はあの通りごくフラットな女性だからね、身分の上下なんて気にしないだろうさ。だけど君にとって、彼女との付き合いは楽しいことばかりじゃなかったろ？　同じレベルの連中となら、もっと気楽に付き合えただろうにね。

だけどおめでとう。君と恵美は相思相愛だよ。恵美の話の中には、実によく君が登場する。彼女は優しいからね、君のことを心配して心を痛めているんだ。たとえば病院の寮にいる君が、なぜか給料の大半を実家に入れている。おかしなことだよね？　君がごく普通だと思っていることは、おかしなことだらけだよ。君のご両親、特にお母さんの我が子に対する差別は酷すぎると、恵美はよく憤慨しているよ。金銭的なこともだし、肉親としての愛情面でもね。歳の離れた弟君を猫可愛がりする一方、君のことはまるで召使いか何かみたいな扱いだって。まあ、人間を育成する上で悪くない実験だとは思うけど、結果はわかりきっててつまらないよね。可愛い可愛い弟君は、今や見事な引きこもり。家の中じゃ王子様でも、外の世界でそれが通るわけがない……あ、弟君の名前、徹っていうんだっけ？　笑っちゃうよなあ、色んな意味で。

そして君の方は、長女気質って言うのかな？　すっかりいい子ちゃんをこじらせている。

いっぱいがんばって、いっぱい我慢して、それでママからの愛情はもらえたかい？　いや、そんなわけないよね。ママの愛はぜーんぶ、弟君のものなんだから。

その点恵美はどうだ？　家族からの愛を一身に受け、宝物みたいに愛され大事にされている。その一点だけで、君にとっては憧れて止まないアイドルだよね。人格とか優れた容姿とか、明晰な頭脳とか、いくつもの才能とかさ、そういったものは君にとってはただのオプションでしかないいんだ。ただただ君は、恵美のように愛されたかった。人から、家族からね。他のことはない、君は恵美が羨ましくて、恵美みたいになりたかったんだ。他の有象無象が恵美に対して抱くのとは、まったく違う思いでね。

そんなふうに憧れて止まない理想の権化たる恵美の未来が、君から見ると真っ暗闇ってわけだ。その元凶は僕ってことだね。

君が一生懸命敵意を隠して、色々あがいているのを見るのは楽しかったよ。あまりにも弱々しい抵抗で、見てて気の毒なくらいだったけど。はっきり言って、僕を相手に渡り合うには、君はあまりにも平凡で善良だ。未来を視る力は本物でも、君はすごく賢いわけでも、権力や人脈があるわけでもない……残念ながら、ね。まるで雀が猛禽相手にチュンチュン騒いでるみたいなものだったよ。だから、ね。君のことが見てて痛々しいっていう恵美の言葉には、いつも心から同意していたなあ。本当に可哀相だったよ。僕が勤務することになる病院に、君が先回りして潜り込んでいたことを知ったときには、あまりの必死さに、涙が出そうだったよ……おかしすぎてね。普通、そこまでするかよって、どれだけ自分ってものがないんだよって、むしろけっこう引いたかな。まあでも嬉しかったよ。色々実験して遊べそうだったから。

やってたのはさ、学生の頃とそんなに変わらないことばっかりだよ。くるみちゃんとか、桜井の他にもね、ちょいちょい、色々仕込んでみた。小さな不幸の種を蒔いてみたのさ。このレベルでもね、学生時代の君ならきっと気づいていたんだよ。

ねえ、カッサンドラ。君は間違いなく、悲劇の予言者だ。だけど不幸ってやつにもレベルがあって、小は治療すれば治っちゃう程度の怪我や病気とかだろうけど、最大の不幸はやっぱり人が死ぬことだよね。今夜これから、瀕死のジジイが死ぬことを君は予め知っている。ここは病院だ。過去にも大勢死んだ。これからも山ほど死ぬだろう。死という大きな不幸が多すぎて、小さな不幸が見えなかったんだよ。取るに足らない不幸がね。

実際、看護師って職業を選んだのは大失敗だったと思うよ。ここじゃ君は、死に眩惑されてしまう。都会の夜があまりにも明るすぎて、星が見えなくなるのと一緒だね。

――だから、君は負けたんだ」

私は言葉もなく、カタリの長い演説を聴いていた。

私の頬から顎にかけて、いつしかぐっしょり濡れていて、なおも伝い落ちる雫を、カタリはうっとりと眺めているのだった。

「……君の不細工な泣き顔はすっかり堪能させてもらったよ。職務に忠実な看護師さんは、そろそろ職場に向かわなけりゃマズいんじゃ……」

なぶるように続くカタリの言葉を、私はやっとの思いで遮った。

「メグは……あの子はあなたが望むものはなんだって与えてくれる。いったい何が不満なの？　あの子は間違いなく、あなたを幸せにしてくれるのに。温かい穏やかな人生が送れるはずなのに……」

「そんなものはいらない」今度はカタリが私の言葉を遮った。「ずっと先まで見通せるような、つまり先が見えているような、平穏無事の何が楽しいものか。そんなフラットな人生はクソ食らえ。人は皆平等だなんて、詭弁もいいところだ。それは君だって、いい加減身に沁みてるはずだろう？　僕が求めるのはレリーフさ。波風なんて、立ててなんぼさ。高いところに立って人を見下すのって、最高だろう？　僕の一言や何かで、人が浮き立ったり、どん底に沈んだりするのが楽しくてならないんだよ」

「……最後にあなた自身がどん底に……地獄に落ちることになっても？」

ハッとカタリは短く笑った。

「そうなったらなったで、さらに穴でも掘って隣のやつを蹴落としてやるまでさ。さっき、何の不満があるのかって言ったよね？　不満なんてあるものか。恵美は素晴らしい女性だよ、この僕にふさわしい、ね。

だから僕らは来週、めでたくゴールインするわけさ。君も一応花嫁の親友って立場なんだからさ、地味なりに、がんばってお洒落の一つもしてくるんだね。一段高い席から、君の絶望をじっくりと味わわせてもらうとするよ。それじゃ、バイバイ、カッサンドラ」

そう言い残し、カタリはさっさと歩いて行った。

後には皓々（こうこう）と明るい月だけが残っていた。

12

本当のところ私は、間近に迫った結婚式を、どうにかしてぶち壊せないかと考えていた。披露宴の真っ最中に壇上に躍り出て、「私のお腹には堅利さんの子供がいるんです……」などとわめいて、よよとばかりに泣き崩れる……そんな、安っぽいメロドラマみたいなシーンを思い描いたりしていた。

もちろん、実際にそんなことをすれば、その場は大混乱に陥り、披露宴を中断させるくらいの結果は得られただろう。だけどできるのはそこまでだ。たちまちのうちに嘘はばれ、メグからはとことん嫌われ、軽蔑され、そして永久に許されず。来賓には当然病院関係者が集まるから、これほどの愚行をしでかした看護師は、まず間違いなく馘になる。そして怒り狂った両家の人達から、到底払いきれない額の損害賠償請求を受けることになる。そこまでした挙げ句、カタリをメグから引きはがすことはできない可能性が高い。むしろ〈私〉という共通の敵を得て、二人の絆はより深まるかもしれない。

それくらいは、未来が視えずともわかる。

そんな最悪の未来が待つと知っていてさえ、追い詰められた愚かな鼠は何をするかわからない……カタリはおそらく、そう考えたのだ。

カタリの外面は完璧だ。彼の一大イベントである結婚式に、一点の染みも傷も許されない。だから予め、私の心を刈り取りに来たのだろう。

当日の私はわずかな染みにも傷にもなれず、ただ置物のようにじっとそこに座っているばかりだった。

私がカタリと同じ病院を辞めたのは、その後すぐのことだった。当然病院の寮も出て、実家から通える場所にあるこども病院に勤務することになった。おじいちゃん先生が院長をやっている、こぢんまりとした病院だ。先生は手に負えない患者さんが来たら、すぐに大きな病院に紹介状を書く。だから新しい職場は、死の匂いがほとんどしなかった。

今の状況は、かつて私が視た未来と、少し違っている。まずカタリは、私とメグとの間を裂くようなことはせず、新居に招いてさえくれた。セキュリティのしっかりしたマンションで、内装も家具類も、まるでドラマに出てくる部屋のように素敵だった。そこで迎えてくれる若夫婦はまさに、ドラマの登場人物のようだった。

私はさながら撮影現場に紛れ込んでしまった一般人で、その落ち着かない思いを読み取ったように、カタリはしょっちゅう意味ありげな笑みを向けてくるのだった。

肝心のメグはと言えば、幸せそのものの若奥様といった様子で、だから最悪の未来は変わるのだと、変わるための軌道に乗ったのだと、自分に言い聞かせるように思った。思い、というよりはむしろ、願いの方が近いかもしれない。遠い未来は未だ不鮮明で、今視えるのは、かつて担当していた患者さんが亡くなる未来ばかりだ。多すぎる死から完全に逃れるには、まだ時間がかかりそうだった。

職場を変えて、精神的にはもちろんだけど、身体的にもとても楽になった。やっぱり夜勤がないのは大きい。いつ患者さんの容態が急変するかというプレッシャーがないのもありがたかった。何より、カタリという大きなストレス源から距離を置けたことに、心からほっとした。まるで窒息寸前の狭苦しい部屋で、ようやく窓を開けられたように、私は大きく息をついている。頭の中の黒い霧も徐々に晴れていくようで、自分の決断は間違っていなかったのだと何度も自分に言い聞かせた。やがて泥沼に沈んでいく人を助けたいからと、自らも沼に飛び込むのは愚かな行為だった、と。とにかく一度、岸に上がり、私自身の態勢を整えなければならない。

それが吉と出るか、凶と出るかはわからない。でも、あのままではどうにもならなかったのも事実だ。

職場が変わって、高倉弥子ちゃんと会いやすくなったのは嬉しかった。成人の日に知り合った、私の数少ない友人である。以前は弥子ちゃんから会おうよ会おうよと誘ってもらっても、予定を合わせるのが大変だった。弥子ちゃん自身もパートに出ている身なのだ。その上、保育園の送り迎えだの、お子さんの行事だの、病気だの、三人の子持ちのお母さんは、看護師に負けず劣らず忙しい。

交代勤務がなくなって、祝休日が確実に休めるようになり、平日も残業はほとんどない。地元に帰って距離も近くなったこともあり、とても気軽に会えるようになった。

高倉家にお呼ばれすることもよくあった。旦那さんの正義君は、朗らかで単純明快な人だ。持って回った言い方や、意味ありげな目配せだの笑い方だのは絶対にしない。三人の子供達も可愛くて賑(にぎ)やかで、この一家の中にいると心底ほっとした。

弥子ちゃん達と会うと、決まって話に出てくるのが護のことだった。正義君は今も護と連絡を取り合っているそうだけど、全然地元に帰ってこないから、ずっと会えずにいるらしい。私自身も最後に会ったのは成人の日だったから、状況は彼らと同じだった。どうしているかなあと言い合っていたら、突然、未来が視えた。

皆でわいわいと集まっている中に、護がいた。成人式のお祝いの会の顔ぶれが、ほとんど再集結している。正義君がお酒の入ったグラスを掲げてこう言っていた。

「森野護君の凱旋を祝って、乾杯」

皆もそれに唱和する。「よっ、ご栄転」なんて混ぜ返す人もいた。

「護、帰ってくるみたい。転勤で」

とても楽しい気持ちになって、思わず言った。

「え、マジ？　いつ？」

正義君が食いつき、「たぶん、近いうち」と答える。そうしたら、びっくりするようなタイミングで当の護からメールが来た。人事異動で実家に帰ってくるということで、その場で皆に報せたらぜひ集まろうということになった。

護が帰ってくる。その未来が、私には視えた。久しぶりに、また視えるようになったのだ。

人が亡くなる哀しい未来ではなく、ささやかだけど楽しい、とても幸せな未来が。

実際、翌月開催された護の〈凱旋パーティ〉は楽しかった。近年稀に見るほど、すごくすごく楽しかった。護は相変わらずで、その変わらなさに、心からほっとした。


実は実家に帰ったのには、もう一つ理由があった。母からずっとSOSが来ていたのだ……もちろん、弟の徹のことが原因で。

徹が学校に行けなくなってしまったのは、高校一年の六月のことだった。何があったのかは、当人が何ひとつ語ってくれないので今に至るまで不明だ。学校の先生は、苛めやそれに類することはなかったと、強い口調で言っていたらしい。強いて言えば、中間テストの出来がひどく悪く、もう少しがんばれといった励ましの言葉をかけただけだ。問題は徹自身にあるのではと、遠回しにではなくはっきり言われたそうだ。

父は仕事が忙しく、家に帰ってくるのは夜遅くなってからだった。もともとおとなしい、気弱な人で、母の望むように学校に怒鳴り込むとか、力尽くで徹を外に引きずり出すといった荒療治ができるタイプではなかった。折悪しく責任ある立場になった直後で、週末は疲れ切って寝ているか、仕事がらみで不在かのどちらかだった。

私が看護師になってからも、状況は変わらなかった。看護師寮に入るため家を出ることが決まると、母からは「みんな、自分のことばっかり。何もかも私に押しつけて。裏切り者」という言葉をぶつけられた。

さすがに思い悩んで、一時は家に残る道を選ぼうかと考えていた。その時、「何がなんでも家を出るべき」と背中を押してくれたのが、メグだった。当時はメグにずいぶん相談に乗ってもらった。もともと、そのメグを救うためにカタリが入ってくる病院に勤務する道を選んだのだからおかしな話だけれど。

徹に関しては、視えるのはいつも、代わり映えのしない未来ばかりだった。それは当人にも家族にも辛いことではあったけれども、命がかかっているわけではない。生きてさえいれば、取り返しはつく。それで私はかねての決意通り、家を出る決断をしたのだ。

結果、母を見捨てるような形になったことは、とても申し訳ないと思っていた。何ひとつ役に立たないと、母はよく私を責める。けれど側にいれば、良くない未来を回避できるかもしれない。もしそれができれば、こんな私でも母や徹の役に立てるかもしれないのだ……母にはそうと言えないのが、残念だけど。

とにかく実家に帰って、時間に余裕もできて、母の手伝いをできるようになったのはせめてものことだった。

護の実家とは本当に近所だから、ばったり会うようなことも多かった。それで時々、一緒にご飯を食べたり、呑みに行ったりできるようになった。あまり自覚はなかったけれど、どうやら私は女性としてはお酒に強い方らしく、護から意外だ意外だと驚かれた。赤ん坊の頃から知っているような私達が、今、一緒にお酒を呑んだりするのも、改めて考えると何だか不思議だ。

お酒を呑んでも見た目や言動がほとんど変わらないと言われる私だけど、自分自身では、「あれ？」と思うことがあった。何となくだけれど、アルコールを摂ると頭の奥がぼんやりして、未来が視えにくくなるように思う。代わりにちらつくのは、ありえないような妄想めいた、けれど幸せな光景だ。お酒はほんの束の間の安心をくれるけれど、常に酔っていたいとは思わない。それは危険な獣が出るとわかっている森を、目をふさいで歩くようなものだから。

ともあれ、護と二人でチェーンの居酒屋に行くのは、とても心安まるひとときだった。その時ばかりは、恐ろしい未来を忘れていられる。

ある日、ふいにメグの話題を振られた。結婚したことを、根津君から聞いていたらしい。

「そうなのよ。結婚式にも呼んでもらったの。メグ、とってもきれいだった」と、まるでつい この間のことのように返したけれど、実際はもう何年も前のことだ。そして私は、それ以上メグの話題を続けたくなかった。それで、友達がみんな結婚しちゃって焦るわ、みたいな流れに持っていった。

　これは、あちこちで「いい人いないのー？」などと聞かれるようになった微妙な年頃の私が、その場を乗り切るために頻繁に使用している返しである。「全然モテないしー」とか「女捨てちゃってるしー」みたいな自虐もセットで、あははと笑ってその話題は流れてくれる。

　護は優しいから、私を傷つけないよう、しばらく言葉を探しているようだった。

　それから、ふいに言われた。三十になってもお互い相手もいなかったら、付き合ってみるのも、悪くないんじゃね？　と。

　それはきっと、いわゆる〈腐れ縁〉の男女の間で、とりわけ酒の席では、数多く口にされてきた言葉なのだろう……戯(たわむ)れるように、じゃれ合うように。

　けれどその瞬間、まるで昔話みたいな光景が、私の脳裏に広がった。

　古い家の、縁側みたいな場所で、にこにこと笑いながらお茶を飲んでいるおじいちゃんとおばあちゃん。ゆっくりゆっくり、並んで歩く二人。そして最期の日、病院のベッドに横になったおじいちゃんは、おばあちゃんの手を握りしめて言う。

「君のおかげで、良い人生だったよ」と。

　涙が出そうだった。

今の私は、未来が決してこうはならないことを知っている。だからこれは、ただの幸せな夢想だ。今この瞬間、アルコールと護が見せてくれた優しい夢だ。そもそも、〈付き合う〉という言葉から、どうしてここまで飛躍できたものだか、笑ってしまう。

「……それも、いいね」

低い声で、私はそう答える。

本当にそうなったら、どんなにいいだろうと思いながら。

13

メグから「子供ができたの」と嬉しそうな報告をもらったのは、私が新しい勤め先にようやくなじんだ頃のことだった。久しぶりにお茶をしましょうと呼び出され、席に着くなり、待ちきれないというようにそう言われた。虚を衝かれてしまい、「おめでとう」と言うまでに不自然なくらいの間が空いてしまった。

直接それを伝えてもらう未来は視ていなかった。けれど子供ができるタイミングは、過去に視たものと同じだった。

細かなことは変わっている。メグと私の現時点での関係は、大きく違うと言っていいだろう。なにしろかつて視た未来では、会うこともできず、連絡さえ取れなくなっていたのだから。

けれど、大きな流れは変わっていない。

「おめでとう」という言葉がすんなり出てこないくらい、私は恐怖に立ちすくんでいた。

その報告を最後に、私はメグと会えなくなってしまった。その事実だけとってみれば、過去に視た未来そのものである。けれど嫌われたからというわけではない。彼女の悪阻が人一倍酷く、長く続いたためだった。ろくな食事もできず、痩せ細るばかりで一時期は入院までしたという。

そのうちに、メグ本人からメールをもらったから、「どうして旦那さんがいる病院で産まないの?」と聞いたら、「あそこの産科には堅利さんの同期の方がいらっしゃるから恥ずかしいのよ。さすがに知り合いの方に診ていただくのはね……それに近くで女医さんのいる評判のいいところがあるの」とのことだった。そういうことならやむを得ないとは言え、かつていた病院なら色々情報も入ってくるのにと、もどかしかった。

メグはその胎内に、悪い毒を抱えてしまったのに違いない。安定期に入っても悪阻は一向に治まらず、果てしなく続くような苦しみに、メグは抑鬱状態になってしまった、らしい。

らしい、というのは、これはカタリから伝え聞いたことだからだ。なぜかメグの携帯はつながらず、家の電話に何度もかけた挙げ句ようやく出たのはカタリだった。彼はまるでお天気の話でもするように、朗らかにメグの現状を語った。

「体調の悪さから落ち込むことは、誰にもあることだからね。やっぱり初めての出産は、女性にとってさぞ不安なんだろうね？」

私には答えようもないことを、わざとのように疑問の形で聞いてくる。

「できれば、直接会って元気づけたり……」

そう言いかけるのを、途中で遮られた。

「気持ちは嬉しいけど、妻は家が散らかっているのを気に病んでいてね……体調が悪いから仕方がないと言っているのに、潔癖症で完璧主義なところがあるから。もちろん、僕が代わりに掃除をできればいいんだけど、とにかく多忙でね、恵美には申し訳ないと思っているんだけど……」心底遺憾だという口調でカタリは言った。「実の母親にも惨状を見られたくないと言っているくらいだから、プロに頼むこともできなくてね」

「……それなら外でお茶でも……」

「だから、体調が悪いと言っているだろう？」

ふうと大袈裟なため息の音が聞こえてきた。頭も呑み込みも悪い相手に対する、明確な苛立ちだ。

普通の会話の中で、こんなふうに不快感を露わにしてくる人が、私は苦手だ。態度や声で威圧してくる人は、もっと恐ろしいけれど。

そういう人は大抵、自覚した上でそうした態度を武器としている。それで相手が怯んだり萎縮したりすることで、自分の勝ちとしている……おそらくだけど。

カタリの場合は、そうした勝ち負けだのマウンティングだのとは少し違う気がする。実験で、試薬を垂らして試験管の中身にどんな変化が起きるか、じっと見守っている……そんなふうに思えてならないのだ。

もともとカタリが怖かった。それがあの満月の夜以来、トラウマレベルで心の底から恐ろしい。あの時えぐられた心は、今もまだ、血を流し続けている。

相手は同じ人間なのに。私の方は、未来を知った上で立ち回っていたのに。なのに結局、未来はさほど変わらず、同じルートを辿ってしまっているように思える。それが何より恐ろしい。

私がびくびくと怯えてばかりいたから。カタリを恐れて、メグから嫌われることを恐れて。自分が立ち直れないほど傷つくことを恐れて。

他にもっと何かできたはずなのに。いくらでも手段があったかもしれないのに。

私はそれを見つけられない無能で、ただただ臆病で……一人立ちすくむばかりなのだ。

メグの実家に連絡を取ってみると、やはりお母様やお祖母様も心配されていた。電話で本人が大丈夫だと言い、けれど直接行ってみると会うことは拒否される。実の両親や祖母でさえそうなのだ。私だけが特別に会えようはずもなかった。

もうあまり猶予はなかった。子供が生まれてしまったら、メグはますます身動きが取れなくなってしまう。

こうなったら、メグの実家に協力を仰ぐしかないと思った。恵美さんのことでお話がありますと伝えたら、快く会ってもらえることになった。高校生の頃から何度もお邪魔させてもらったお宅で、私はメグのご両親とお祖母様に迎えられた。わざわざ玄関先に出てきて下さったメグのご家族を見た瞬間、とても久しぶりにあの感覚に襲われた。

小石が川の水面を跳ねて、滑って、思いがけないほど遠くへ行ってしまう、あの感じ。無数の小石がいちどきに投げられ、跳ねて、そして同じところへと落ちていく。

たとえばある未来。

産院はわかっていたので、定期検診の際に待ち伏せしていたら……メグは母親の顔を見るなり、くるりと踵（きびす）を返して走り出した。とは言え妊婦であるし、動きはそれほど速くない。

「ちょっと待ちなさい。危ないから……」と声をかけた直後、メグは段差につまずいた。

ぱっと目の前が白くなり、また石が跳ねる。病院で泣き崩れるメグと、声もかけられずにいる私。メグのご家族と私に対し、訴訟も辞さないと怒りを露わにするカタリ。そして……。

退院したメグは、自宅マンションのベランダから身を投げ出してしまう――最悪が、むしろ早まってしまう、未来。

そしてまた、別な未来。産院に行くことは私がどうにか止めて、自宅マンションの方へ向かう。人を使って宅配便を装い、ドアを開けてもらうことに成功する。林家の知人男性と共に部屋になだれ込み、興奮するメグをなだめすかして話をするところまで持っていく。

「なぜ連絡も取らせてくれないの」と詰る(なじ)ように尋ねる母親に対し、メグは人が違ったように冷ややかな表情で、「私はもう、林家のお人形じゃないの。大丈夫だからもう放っておいて。こんなことをして、堅利さんが怒ってしまうわ」と答える。その口調の硬さと冷たさに、その場の人間は皆、戦慄(せんりつ)した。

明らかに、あの穏やかで心優しいメグじゃない。まるで別人のようだった。

「どうしたのよ恵美、あなたはそんな子じゃなかったでしょう？　あの男に洗脳でもされちゃったの？」

母親の涙にも、メグは少しも心が動いた様子はなく、「早く帰って。堅利さんが怒ってしまうわ」と繰り返すばかりだった。

膠着(こうちゃく)した事態は、第三者の介入によって大きく動いた……それも、悪い方へ。何と警官がやってきたのだ。

「ご主人からの通報があったので」と中に入ってきた警官に、メグが「助けて！」と叫んだために事態はひどくややこしくなってしまった。

後でわかったことだが、カタリはウェブカメラを使い、メグを常に監視していたのである。それはこちらの認識で、カタリ自身は「防犯のため」と説明していたけれど。

産院のとき、マンションのとき、私が一緒に行動していたパターンも、そうでないパターンもあった。お祖母様が危篤だと嘘をつき、家に呼び戻した場合もあった。日時やタイミングを変えて、無数のトライアルがあり、すべてがほぼ同じ結末へと辿り着く。最悪のときが早いか、少し遅いかくらいの違いしかない。警官が来る前に、無理矢理メグの実家に連れて行くことも試みた。けれど普通の住宅で大の大人を監禁なんてできるはずもなく、また、そんな発想さえなく、メグはあっという間にカタリのもとに逃げ帰ってしまう。魚が自ら生け簀に戻るように。実験用のマウスが、わざわざケージに帰ってしまうように。

魚や鼠は、自分を待ち受ける運命を知らない。だから、安全な外をむしろ恐れ、死が待つばかりの檻に自ら舞い戻るのだ。

最も選択する可能性が薄い未来の中で、私はメグに告げていた。今まで言えなかったけれど、私には未来が視えるの、あなたはカタリに殺されるも同然のことになってしまうのよ、と。

メグは呆れたような、可哀相なものを見るような目で私を見つめた後、「徹子ったら……最近ちょっとおかしいわよ？　仕事が忙しすぎるんじゃないの？　良かったら、堅利さんにカウンセリングの先生でも紹介してもらいましょうか？」と言った。

昔のメグなら、決してそんな反応は見せなかっただろう。

あらゆる未来でメグは変わってしまい、自らとらわれ、そして死んでしまう。その無数の未来は、私の心臓を芯まで凍らせた。

思えばメグは、私が自分から追い求めた唯一の人間だった。それに対し、彼女は常に温かな親愛を返してくれた。そのメグが、まるで外見だけそっくりな別人みたいに、私に嫌悪感を向けてくる。

それが辛くて痛くて、ひたすら恐ろしかった。

カタリが原因だとわかっていても、いざ目の前でメグから拒絶され、冷淡に扱われると、哀しみに胸が押し潰されそうになってしまう。ましてや憐れまれたり、軽蔑されるなんて耐えられない。自分がメグの死の原因になるなんて、以ての外だ。

無数の石が、水面を跳ねていく。無数の未来が、そしてただひとつの変わらない結末が、弱い私を打ちのめす。

林家を訪れたとき、私はいちどきに押し寄せる残酷な未来を受け止めきれず、ふらふらとその場に倒れてしまった。気がつくとソファで寝かされていて、私の頰は涙で濡れて酷い有様だった。

慌てて非礼を詫び、恵美さんのことが心配で……と多くを語らずにいると、林家の人達は顔を見合わせた。

「それは……私達も心配だけど、何しろ本人が大丈夫だと言っているから……それに旦那様もね、お医者様が大丈夫だと言っているのを、私達がどうこう言えないし。あの子はもう、お嫁に出したわけだし」

メグによく似たお母様にそう言われ、私はそれ以上何も言うことはできなかった。

どう言い繕ってみても、結局私は逃げたのだ。

間接的にせよ、直接的にせよ、私自身がメグの死に責任を負う立場となることから。

気持ち良くカタリを憎み続けていられるために。

卑怯にも、逃げ出したのだ。

あの満月の夜、既に私はカタリに負けていたのかもしれない。

──そうして世界は、最悪の日を迎えてしまった。未来は衝突するような勢いで、〈今〉となったのだ。

14

葬儀の席で、カタリは大袈裟なくらいの芝居で、悲嘆に暮れる夫を演じきっていた。まるでシェイクスピア悲劇を演じる俳優のようだった。

私にとっては幾度も目にしてきた再演の舞台である。もうこれ以上見たくないと、そっと目を閉じた。この日までにもう、涙は涸れていた。あまりにも繰り返された光景に、哀しみはとうに麻痺(まひ)してしまっている。

私は失敗した。未来を変えることは、叶わなかった。

すべては終わったのだ。心底恐ろしい相手に、たったひとつの武器を手に闘ってきた。けれど結局は、最初から勝ち目のない闘いだったのかもしれない。すべてが、まったくの徒労だったのかもしれない。

何もかも、お終いだ。もう取り返しはつかない。やり直しもきかない。私は大切な友人を、永遠に失ってしまった。

——本当は、もうとうの昔に失っていたのかもしれないけれど。メグが、カタリに見出されてしまった瞬間から。

斎場には火葬場も併設されていて、私はそのまま帰ることもできず、と言ってメグの親族と共に待つこともできず、外に出て、煙になって空に立ち上っていくメグを眺めていた。私は途方に暮れ、すべてがどうでもよくなっていた。

ふと、視界の遠くから、黒い染みがゆっくりと近づいてくるのが見て取れた。その正体に気づいた瞬間、私は身を固くする。

真っ黒い喪服を、カタリはまるでハイブランドのスーツのように着こなしていた。そのままカタログのモデルにでもなれそうだった……腕にじたばたと泣きわめく赤ん坊を抱いているのでなければ。

ようやく一歳になるかならないかの、メグの子供。女の子だと聞いているその子は、顔を真っ赤にして、キイキイと甲高い声で泣いていた。

「やあ、カッサンドラ。今日はどうもありがとう」

こんな時でさえ、カタリの声は朗らかだった。

「……あなたはとうとうメグを殺してしまったのね」

低い声で、ようやくそれだけ返す。カタリは大仰に肩をすぼめた。

「ずいぶん人聞きの悪いことを言ってくれるじゃないか。僕はこの子と二人残されて、哀しみに暮れている夫だよ？……でもまあ」

少し言葉を切って、カタリはくすくす笑った。

「やっぱり崖っぷちをふらふら歩いている人間は、簡単に落ちていくよね。面白いくらいにさ」

「あなたが崖っぷちまで追い詰めたんじゃない」

「酷いなあ、僕がいったい何をしたってのさ」

おおよしよしと、赤ん坊を揺すり上げると、メグの忘れ形見はいっそう声を張り上げて泣く。その小さく真っ赤な顔を見つめているうちに、ぞっと鳥肌が立った。

遠い未来……おそらくは十年ほど先の、出来事が視えたのだ。

「……この子の名前は、なんていうの？」

そう尋ねると、カタリは少し怪訝そうな顔をした。

「どうしたの？　まるで鬼みたいな顔をしているよ。この子の名前はミルカだよ。いい名前だろう？　そら、抱いてやってくれよ」

とても気軽に、カタリは子供をこちらに押しつける。普段抱き慣れていないのだろう、両手が空いてカタリは少しほっとしたふうだった。抱き取られた赤ん坊は、徐々に泣き声を小さくしていき、やがてぴったりと私の胸に顔を押し当てて泣き止んだ。やっと母親に抱いてもらったと、安心したのかもしれない。そのずしりとした重さと温もりは、私の大切な友人から産み出されたものなのだ。

　喪失感と愛しさに、涙がこぼれそうになる。

　私は腕の中の小さな命を、今一度じっと見つめた。それから尋ねる。

「この子を、どうするの？」

「そりゃ、父親は僕だからね。僕が育てるしかないだろ？　もちろん、仕事があるから人を雇うしかないだろうけど」

「それはダメ。あなたがこの子を育てちゃダメ」

　強く言ったら、カタリは肩をすぼめた。

「おやおや、さっそく悲劇的な未来でも見たのかい？　だけど僕はこの子を手放す気はないんだよ。何しろこれから金の卵を産んでくれるんだからね」

　林家の財産のことを言っているのだろう。

　少し考えてから、私は言った。

「でもそれは、この子が死んでしまったら、あなたの手には入らないでしょう？」

「さすがは悲劇の予言者だ。僕は最愛の妻に続いて、彼女の忘れ形見まで喪うことになるのかい？　それは困ったな。そんなことになったら、僕は自分の涙で溺れてしまうよ。君ならわかるだろう？　どうすればミルカを救うことができるんだい？」

「その子を、メグのご実家に渡して。あのお家なら、ミルカちゃんを大切に育ててくれるから」

「いい考えだけど、それは無理だね。親として、この子を手許で育てる義務と権利が僕にはある。林家には顧問弁護士もついているし、うっかり預けたら、なんだかんだで親権を持って行かれかねないじゃないか。

君は知らなかっただろうけど、恵美のばあさんは恵美を養子にしていたんだよ。金持ちがよくやる相続税対策でね。で、恵美亡き後、この子には代襲相続の権利がある。あんな老いぼれ、どうせそう長く生きやしないだろう？　近いうちにどかんと大きい相続があるってわけ。もちろん僕は保護者として、その財産をきちんと管理してやらなきゃね」

カタリは薄い唇で、ニンマリと笑った。その狡猾(こうかつ)そうな眼は、メグのご両親亡き後の相続まで見通しているのだろう。メグはたった一人の跡継ぎだったのだから。

「だからそれは、それまでこの子が生きていたらの話でしょう？」

不快感をこらえながら、先ほどと同じようなことを繰り返す。カタリは困ったというように眉をひそめた。

「そうなんだよね……ねえ、もっと別な案はないのかい？　僕もこの子も、みんながハッピーになれるような名案は」

私は黙って、目の前の喪服の男と、腕の中の赤ん坊を交互に見やった。

いくつもの石が、水面を跳ねていく。

無数の、未来。その中から、私が選択するべき、未来。

——未来なんか、視えなければ良かったのに。

これまでも、何度となく思ってきたことを、子供と共にいっそう強く胸に抱きながら、私は静かに、けれどはっきりと言った。


「——それでは、私と結婚して下さい。私がこの子を育てます」と。


そう言ったのは、もちろん本気だ。

おそらく、馬鹿なと一蹴されると思っていた。彼がその気になりさえすれば、後妻の座に喜んで納まりたがる女性はいくらでもいるだろう。一歳の子供の存在は、彼ならさほど障害にもならないだろうし。むしろカタリが演じる〈悲劇の夫〉、〈慣れない育児を不器用かつ懸命にがんばる父親〉像に、ノックアウトされる女性が続出するに違いない。カタリの家の玄関には、慈愛に満ちた母親候補が、列を成すほど集まることだろう。

けれどもちろん、細くわずかではあっても、ひとつの可能性として見えた未来があったから、私はその言葉を口にしたのだ……できれば言いたくなかったそのセリフを。

カタリがぽかんとしていたのはほんのわずかな時間で、次の瞬間、彼は腹を抱えて笑い出した。真っ黒い喪服に身を包みながら、心底おかしいというふうに、ゲラゲラと笑っている。

ひとしきり笑ってから、彼は言った。

「ああ、ごめんごめん。せっかく女性からプロポーズしてくれたのに、失礼だったね。あんまり意表をつかれたもんだからさ。いやいや、その発想はなかったよ。確かに名案だ。この子には看護師資格持ちの乳母が手に入って、僕には都合のいい家政婦が、そして行き遅れの君には何と、医者の妻というステータスが手に入る。こりゃすごい、八方丸く収まるじゃないか」

思わず顔をしかめると、カタリはにやっと笑った。

「ああ、わかってるよ。そんなステータスには興味ありません、だろう？　だけど君の身近な人にとっては、そうでもないんじゃないのかな？　君の愛するお母さんとかさ？　たまには僕が、予言をしてやろうか？　確率百パーセントで実現する未来を教えてやるよ。君のお母さんは初めて君を、手放しで褒めてくれるよ。でかした、よくやったってね。婚約者から捨てられたら大変とばかり、君をあちこち引っ張り回すことだろうよ。やれ洋服だ化粧だ美容院だってね。良かったじゃないか、母と娘、二人仲良くショッピングさ」

はしゃいだ調子でカタリはペラペラと言葉を並べ立てていく。

本当に、そうなるだろうかと考え、次いで、本当にそうなるかもしれないと思う。母とのそんな情景を、脳裏に思い浮かべさえする。

言葉の毒は確かに、私にも沁み通ってきている。即効性の猛毒だ。

「前から思っていたんだよ」どこか浮き浮きした様子で、カタリは話し続けた。「君の力をもっとうまく使えば、どれほどのことができるかってね。つまんない人助けなんかじゃなくってね。ねえ、わくわくしてこないか？　僕らは、何だって手に入れることができるんだよ？　未来の情報にはそれだけの、とんでもない価値がある。なあに、全部任せてくれりゃあいいんだよ。僕がすべて、うまくやってみせるから。僕は君の力のことを知っている、ただ一人の人間だ。そして君は、本当の僕を知る、ただ一人の人間だ……」

カタリは握手を求めるように右手を差し出してきたけれど、私の両手がふさがっているのを見て、私の頭をポンポンと叩いた。

それから、とても優しい声音で言った。

「――僕達、きっとうまくやって行けるよね？」

15

カタリは多忙な自分に代わって我が子の面倒を見てもらうために、ベテランのシッターを雇い入れた。長く保育園に勤務していた、初老の女性である。家事の補助はまた別な人に頼み、それで万事うまくまわっていた……最初の半年の間は。

ある日突然、シッターの女性が脳梗塞で倒れた。幸い命に別状はなかったものの、仕事は辞めざるを得なかった。

困ったのはカタリである。大事な我が子を預けるのに、信用できるシッターがそう簡単に見つかるとも思えない。短期間に人がころころ替わっては、人見知りが激しくなってきたミルカにも負担が大きいだろう。

それで思い出したのが、亡き妻の親友であり元同僚、今は小児科の看護師でもある平石徹子だった、というわけだ。

すべては、外聞や評判を何より重んじるカタリによるシナリオだった。私、平石徹子は親友の遺した愛児が心配で、たびたび様子を見に訪れていた。もちろん急場凌ぎで雇ったシッターがいるときに、である。間違っても他者の邪推や好奇の対象となってはならないのだから。

親友の愛児のため、平石徹子は勤めていた病院を退職し、シッターとしてカタリに雇われることを決意する。もともと懐いていたミルカは大喜びだったし、窮地を救われたカタリは心から感謝した。その感謝と親愛の念がやがて……という流れである。もちろん、真実の愛は恵美に捧げている。だが、幼い子供には母親が必要だし、当の平石徹子もいつしかそれを望むようになった……のだそうだ。

全体的に、特に最後の部分は私にとってはぞっとしないものだったけれど、確かに人に説明する内容としては無難かつわかりやすかった。

実際、ミルカは臨時のシッターにはまるで懐かなかった。前の初老の女性にも、あまり懐いたとは言えなかったのだが、新しい人への拒絶っぷりはいっそう酷く、抱き上げられると全身を仰け反らせ、金切り声を上げるのだ。それが私相手だと、少しだけ落ち着いた様子を見せる。理由は判然としなかったけれど、私としては、メグの血がそうさせるのだと思いたかった。カタリには非科学的だと鼻で笑われたけれど、そもそも私自身が科学的だとはとうてい言えない存在なのだ。

ともあれあまりにも扱いにくい子であることは確かで、臨時のシッターさんは早々に音を上げてしまった。そのため、私が日参して協力せざるを得ない状況となり、断腸の思いではあったけれども、こども病院の仕事は辞めることになってしまった。

メグの喪が明けて、まず訪れたのはメグのご実家だった。けじめとして、二人で挨拶に行くべきと私が主張して、カタリが渋々従った形だった。

カタリはこの一年、多忙を理由にミルカをまったく林家の人々に会わせていない。ご一家がどれほど心配なさっていることだろうと、胸が痛かった。一緒に連れて行くべき、という主張はあっさり退けられて、今、ミルカは臨時でお願いしたシッターさんのもとにいる。

事前に訪問の理由は伝えてあったから、私とカタリが並んでいることに驚かれたりはしなかった。けれど当然ながら、ご家族の態度は以前とはまるで違ってよそよそしく、私を見る眼は、実になんとも言えないものだった。

それは哀しみか。疑念だろうか。裏切られたという思いだろうか。

娘婿だった男と、亡き娘の親友だった女が、喪が明けるやいなや一緒になろうとしている……それは、メグのご一家にとっては愉快な事態であるはずもない。大好きな彼らに嫌われ、軽蔑されてしまうのは、心底辛かった。

——けれど私には、他に手立てがない。

ご家族のもの問いたげな眼差しから逃げるように、自分の膝のあたりをじっと見つめていた。その間、カタリはとても滑らかに、〈どこに出しても恥ずかしくない再婚の経緯〉について、熱弁を振るっていた。

「徹子さんからの申し出に、そりゃもちろん、最初はありえないと思いましたよ。僕は今でも恵美のことを深く愛していますから……彼女のことを、片時も忘れるなんてできません。けれど……徹子さんの美瑠香に対する愛情や思いやりは、本物なのです。まるで実の子のように、美瑠香のことを可愛がり、案じてくれている……そして僕は気づいたんです。徹子さんは、僕と同じくらい恵美を愛し、そしてその忘れ形見を愛してくれる同士なのだと。そして、こんな形での家族の始まり方もあるのかもしれないと、思うに至ったのです」

いたたまれなくなって思わず顔を上げると、メグのお母様はハンカチで目尻を押さえながら、うんうんとうなずいている。お父様はどこか沈鬱な面もちで、お祖母様は最初と同じく硬い表情のままだった。

カタリの言葉がようやく途切れたとき、ふいにメグのお父様が切り出した。

「……徹子さん、少し堅利君と二人で話をしたいのだが、かまわないだろうか？」

「はい、それはもちろん」

カタリが素早くそう答え、私はあやつり人形のようにカクカクと首を縦に振った。

「芳美（よしみ）、あなたも一緒にお話しなさい」

お祖母様が命じる口調で言い、メグのお母様は慌てて立ち上がった。このお二人は、実の母娘なのだというが、こちらはあまり似ていない。メグはよく、『我が家は女系家族だけど、お祖母様はその中でもとびきりパワフルな女帝よ』などと言っていた。

「――さて、徹子さん」

二人きりになった途端、お祖母様の口調があらたまり、私は背筋をぴんと伸ばした。

「こんなことを言って、気を悪くしないでね。本当に、あの男と結婚するつもりなの？」

単刀直入に言われ、私は言葉に詰まった。

「……やっぱり、恵美さんに対する裏切りだと、お考えでしょうか」

おずおず尋ねると、お祖母様は首を振った。

「そういうことではないの。あの男は……どこかおかしい。人としての情があまりにもなさすぎる」

「それは……」

私が、一番よく知っている。

口ごもる私に、お祖母様はどこか憐れむような視線を投げて寄越した。

「あなただけ蚊帳の外というわけにもいきませんからね、徹子さんには私からお伝えしましょう。我が家としては、美瑠香を引き取って養育するつもりです。正式に、娘夫婦の養子として、ね。どうせあの男はすぐに再婚するだろうと思っていたから、その時にはすぐに切り出そうと考えていたの」

それを聞いても、驚きはなかった。既に視て知っていたから。そして私は、その先の未来も知っている。

「……堅利さんは、決してそれを呑まないでしょう」

お祖母様の落ちくぼんだ両眼が、ひたと私を見据えた。

「かもしれませんね。あの男は、うちの財産に興味津々のようですから」

仮にも婚約者を名乗るなら、即座に「そんなことはない」と打ち消すべきなのだろう。けれど、そんな白々しいことはとても言えなかった。かといって「そうですね」とも言えずに黙っていたけれど、お祖母様にとっては肯定したも同然だったらしい。

「でしたら、私達はあの子を人質に取られたも同然ですね……あの男に。会わせてもらうこともできず……ああ、私が死んだら、大喜びで連れてくるでしょうね」

お祖母様の顔が悔しげに歪む。私はティーテーブルに額を押しつけるようにして頭を下げた。

「今日は力及ばず、美瑠香ちゃんを連れてこられなくて、申し訳ありませんでした。私が母親になることにはご心配もおありでしょうが、この身に代えてもあの子を守っていくつもりです。それからできる限り、こちらへも連れてきます。ですから……」

「ちょっと待って。私はひ孫だけじゃなくて、あなたの心配もしているのよ、徹子さん。本当に大丈夫なの？　はっきり言って、私はあなたが恵美の二の舞になるんじゃないかと思っています。あの男と関わるのはよした方がいいと、こうなる前に忠告すべきでした。みんな、あの男の見てくれやうわべの態度に騙されてしまうの。恵美もそうだったし、あの子の母親だってそう。私の娘ならもっと人を見る眼を養いなさいと、しょっちゅう言っているのだけれどね、どうにも今一つ、ぴんときていないらしくて。あの男は悪魔だって、何度言ってもわからないのね。悪いことは言いません。あの男と一緒になるのだけはおやめなさい。これはあなたのためを思って言っているのよ？　今からでも遅くありませんとも。何なら……」

その時、開きっぱなしのドアの向こうから、クスクス笑う声が聞こえた。

「嫌だなあ、お祖母様。僕の婚約者に、いったい何を吹き込んでいるんですか？」

その瞬間、顔をしかめたお祖母様だったが、続くカタリの言葉に、苦虫を嚙み潰したような表情になった。

「あ、僕から直接申し上げておきますが、美瑠香をこちらの養子にするつもりはありません。子供はやはり、実の親のもとで育つべきでしょう。それにもうじき、立派な母親もできる予定ですし、ね、徹子さん」

　そう言ってカタリは一同を見回し、薄い唇の両端を上げてにいっと笑った。


「——あのババア、早く死ねばいいのに」

　林家を辞去した途端、憎々しげにカタリはつぶやいた。ぎょっとして見返すと、「なんてね、ブラックジョークだよ」と朗らかに笑った。

「冗談には聞こえなかった」

　ぽつりと言うと、カタリは心底不本意だと言いたげに、肩を揺すった。

「まさか。うちの美瑠香の大事なおばあちゃまじゃないか。ああ、ひいおばあちゃまか。子供は両親の愛情だけじゃ足りないって言うだろ？　ジジババやヒイバアに、たっぷりの愛情とお金を注いでもらわなきゃ、ね」

「あなたのご両親からは？」

　そう尋ねたのは、未だ彼の親族に誰一人会わせてもらえていなかったからだ。「別に必要ない」の一点張りで、私もそれ以上は言えていなかった。

　カタリは小馬鹿にしたように鼻を鳴らすと、「そう言えば、君のお母さんの反応は、僕が言った通りだったね」と笑った。私の質問は答えるに値しない、ということなのだろう。

カタリの〈予言〉は確かに当たっていた。母は手放しで私の結婚話を喜んでくれた。私のことで、こんなに喜ぶ母を見たことがない。すぐさま親戚中にふれてまわったみたいだし、カタリが言っていたように、私の地味さやダサさをなんとかしようと、躍起になったりもした。徹が生まれる前ですら、母が私にこれほど関心を寄せたことはなく、だからとても複雑だった。

「どうしてこの子ったら、ちゃんとした服やバッグのひとつも持っていないの、恥ずかしいったら」とデパートに連れて行かれたけれど、高価なそれらを買うお金は私にはない。それを言ったら、「どうしてちゃんと貯金していなかったの」と責めるように言われた。お給料のほとんどを家に仕送りしていたからよ、と答えたら、母はなぜだかすごく驚いたような顔をしていた。それから数度に分けて母と買い物に出かけ、きちんとしたワンピースやそれに合うバッグ、上質のブラックフォーマル一式などを買ってもらった。買い物に疲れて二人でお茶など飲み、まだ足りないもの、あった方がいいものについて話し合う。そして今日くらいはいいわよねと、デパ地下で美味しそうな総菜が並んだガラスのケースをのぞき込む……そんなひとときは、とても楽しかった。もし最終目的が違うものだったら、もっと楽しく、嬉しかったことだろう。

式自体は、相手が再婚であること、それも死別であることなどを考慮し、近い親族のみでこぢんまりと行われる予定だった。もっとも〈こぢんまり〉というのはカタリの形容であり、私にとってはきまりが悪くなるほどに万事が過剰で豪華すぎると思えたのだけれど。

ともあれ、もう何年も不幸そうで、愚痴ばかりこぼしていた母が、別人のように晴れやかになったことは、私のわずかな慰めだった。母を失望させてばかりいた私が、まさかこんな形で母に認められることになろうとは、思ってもみなかった。

カタリの皮肉たっぷりの予言が成就した結果となったのは、面白くなかったけれども。


メグの最期の日と同じように、永遠に来て欲しくなかった〈未来〉は、あっという間に〈今〉となった。

形式的な式なんて、必要ないよねとカタリは言い、私も同意した。だからその日、有名ホテルの少人数用会場で行われるのは、両家親族のみが集まる披露宴だけだ。

花嫁としての支度を調え、私は会場の扉の前に立つ。白いスーツを着たカタリは、紳士的に手を差し出してきた。

「さ、行こうか。僕のカッサンドラ」

両開きの扉が開いた瞬間。

——私の中で無数の石が、一斉に跳ねた。

16

突如流れ込んできたあまたの未来に、私はしばし立ちすくんでいた。

最愛の親友の葬儀の日、視てしまった未来が、私を今、この場に立たせている。

数多くの最悪の未来。陰惨な未来を、もしかしたら変えられるかもしれない細い細いひと筋の道。そのわずかな可能性のために、私は今、ここにいる。

その無数の未来が、扉を開けた瞬間に、光を当てたようにその色を変えていった。

目まぐるしく変わる未来の数々に、私の頭の処理能力が追いつかなくなったのだろう。ふらふらとよろけたところに、誰かの腕があった。私の背中をしっかり支えてくれたのは、外科医の神経質な腕ではない。

もっとがっしりと筋肉質で、それでいて温かい……。

「大丈夫か、徹子」

心配そうに顔をのぞき込んできたのは、護だった。

心臓が大きく、どきりと跳ねる。

なぜここに護がいるのだろう？　驚きと混乱で、腰が抜けたようになり、ますます護に体を預けるような格好になってしまった。

花嫁が、花婿以外の男性に抱きとめられる……普通なら、あってはならない異常事態である。けれど当の花婿は、隣で起こっている出来事には気づきもしていないようだった。

カタリは不快そうに顔を歪め、怒りに震える声で叫んだ。

「なぜあなた方がここにいるのです？」

カタリが問うた先からは、沈黙のみが返ってきた。代わりに、場違いなまでに陽気な声が響いた。

「まあまあ、めでてー席でそんな大声を上げるもんじゃねえよ」

「そーそー。ほらほら、立ち話もなんだし、席について下さいよ、ドクター」

会場に入ってすぐのところに、少々柄の悪い一団がいた。彼らはあっという間に、カタリを取り囲んだ。馴れ馴れしくカタリの肩に腕を回したりしているのは、なんと高倉正義君とそのお仲間達だった。金髪の大城君の姿も見える。

なぜ彼らがここに、とぼんやり考えていると、「徹子はこっち」と護が言って、半ば抱きかかえられるように誘導された。

「どうして護がここに？」

ようやくそう尋ねたら、護はにかっと歯を見せて笑った。

「徹の代役だよ。ここんとこさ、あいつと電話や何かでやり取りしてんだけどさ、姉ちゃんの結婚式とは言え、人前に出る勇気がないって言うからさ、今度のは無理するようなもんじゃないからって代わってやったんだ」

護の言葉がすべて理解できたわけではなかったけれど、彼が弟を案じて、話し相手になってくれていたということだけはわかった。なのに私は今の今まで、それを知らずにいたのだ。ありがとうと言うべきか、ごめんなさいと言うべきか、迷っているうちにふわりと椅子に下ろされた。右隣に母が、その向こうに父がいる、平石家の親族席だった。

「まだ顔色が悪い。無理しないで、休んでろ」

そう言って、護は左隣にどっかり座る。本来は徹がいるべき場所だ。そして花嫁である私がこんなところに座っているのは、どう考えてもおかしい。けれどあまりの事態に、私は身動きさえできずに固まっていた。

まじまじと私を見つめる母の眼差しから逃れるように、正面に目を向ける。その時になってようやく、カタリがらしくもない怒声を上げた理由に気づく。

カタリの親族席にいるはずもない人達の姿が、そこにあった。

メグのお祖母様に、ご両親である。お母様の腕の中には、ミルカがいた。

さらにそのまま首をめぐらすと……とてもよく知った顔に出会う。目が合った相手は、笑顔で手を振りながら「徹子ちゃーん」と呼びかけてきた。

　大好きで大切な人だけど、今は親しみよりも戸惑いが深い。そこにいたのは、高倉弥子ちゃんだった。髪をボリュームのあるアップスタイルにして、肩のところが盛り上がった華やかなドレスに身を包んでいる。そして改めて見れば、正義君とそのお仲間達は皆、ど派手な羽織袴で決めていた。つまりはあの、成人の日の再来なのだ。

　懐かしい……そう思い出に浸るには、やはりどうしても今の状況が意味不明すぎる。

　誰に説明を求めたものか戸惑っていると、それより早く、正面の席に連れて行かれたカタリが「これはどういうことなのか、説明してもらいましょうか。場合によっては、法的措置を取らせてもらいますよ」と言いだした。とは言え、いつものカタリなら即座にこのセリフを口にしていただろうにと、少し不思議だった。もしかして、正義君達みたいなタイプが苦手なのだろうか。それは今まで、あまり縁のなかった人種かもしれない……カタリみたいな人にとっては。

　ガタイのいいヤンキーさん達に取り囲まれ、しばし萎縮していたかもしれないカタリを思い、少しおかしくなった。

「――やっといつもの徹子の顔になった」

　その声に視線を戻すと、護の真面目な顔があった。

「昔っからおまえはさ、自分から『助けて』って言わないんだよな。中学んときだっけか、あのネズミ騒動だってさ、俺が突っ込んで聞いて初めて『困ってる』って。ほんと、なんだよそれ、すげー腹立つ。そんなに頼りないかよ、俺は。しかもほんとに困っているのはネズミのことじゃなかったし。だけどさ、それが徹子なんだよな。どんだけ待ってても、おまえは自分から『助けて』なんて言わない、絶対に。だから今日は無理矢理、おまえが抱えてる荷物を奪い取りに来た。みんなと一緒にな」

力強くそう言われ、胸が苦しくなった。

私は、護にそんなことを言ってもらえるような人間じゃないのに……。

それにそもそも、護は何か勘違いをしている気がする。なぜ今、こんなことになっているのか、まったくわからない。

「——いい加減にしろ」

カタリはそう叫んで、正義君が馴れ馴れしく肩に回した腕を振り払った。

「なんでおまえらみたいなのが、ここにいる？　警察を呼ぶぞ？」

「だって俺ら、正式な招待客だしー」

懐から招待状を取りだして、ひらひら振ったのは金髪の大城君だ。

「わたくし共も、そうですよ」

メグのお祖母様も、重々しく続く。ミルカを抱っこしたお母様も、隣でこくこくうなずいた。末席で弥子ちゃんが「あたしも、あたしもー」と締めくくる。

「えー、説明しろということなので、僭越ながら私が一同を代表して……」

マイク越しの、ぼそぼそした声が会場に響いた。本来は司会者が立つべき位置にいる男性に、見憶えがあった。護の友達の、根津君だった。

なぜこの人がここに、というのがあまりに連続しすぎて、もはや思考が停止している。

「この度の披露宴に列席された方のうち、平石徹子さんのご親族はすべて、本物です……まあ、一名を除いて、ですが。一方、影山堅利氏の親族席にいるのはすべて、影山氏が依頼した便利屋によって雇われた人間です。いわゆるサクラですね。ちなみに彼は、最初のご結婚のときにも同じところに依頼していますね。その時の結果が申し分なかったからこそ、再度依頼したんでしょうが。その便利屋に、この人達を臨時雇いのアルバイトとして送り込んだんですよ、伝手を使ってね」

「それは本当のことなんですか、影山さん。そんなこと、信じられないんですが」

母の質問に、カタリは答えなかった。代わりにすぐ目の前にいる根津君に詰め寄った。間に正義君達がいるので、物理的にはほとんど近づかなかったけれども。

「いったいこれは何の茶番だ？　おまえ達は何者だ？　どうしてここに林家の人間がいる？

最初にはっきりさせたいが、この会場で披露宴を開くに当たって、少なくない金がかかっている。それを台なしにされたんだ、当然賠償請求をさせてもらうが、おまえらに支払い能力はあるんだろうな？」

カタリの言葉に、ほほほと声を立てて笑ったのは、メグのお祖母様だった。

「まず最初に言うのがそれですか。相変わらず、口を開けばお金のことばっかりね。安心なさい。ここでの費用は我が家で持たせていただきます」

「……しかし」

「おや、不満そうね。将来あなたの手に入る財産が目減りするわけだから、あなたが払ったも同然になるといったところかしら。ですけどお生憎様ね。私は林の財産を、今のままの形であなたに渡す気なんて、これっぽっちもないのよ。それくらいなら、燃やしてしまった方がどれだけましか。さしあたっては、そうね。連れ合いを亡くした従弟がおりますしね、私からプロポーズでもしてみましょうか。彼の方が二十も若いから、まず私の方が先に死ぬでしょうね。財産の半分は、従弟のものになりますが、同じ林の一族ですしね、何の問題もございません。従弟には子供が四人いますから、彼らに生前贈与しておくのも悪くないですね。もちろん、娘夫婦にもめぼしいものは名義変更を済ませています。高い贈与税を払ってね。だからもう私自身のものなんて、大したものは残っていませんのよ」

お祖母様は口許に手を当てて、またほほほと上品に笑う。

「これで私が死んだとしても、あなたのところへ行く財産は雀の涙……それにね、娘夫婦もいずれ落ち着いたら、養子を取る心づもりでおりますの。それも子供じゃなくて、成人している人を、ね。若夫婦で来てくれればなおいいわね。後から財産目当てのおかしな人と結婚する心配がないから。さあ、どうですか、堅利さん」

「……どう、とは？」

苦虫を嚙み潰したような顔で、カタリは問い返す。

「これで美瑠香に執着する理由は、もうないんじゃなくて？　あの子が将来受け継ぐものは、だいぶんささやかなものになったけれど？」

カタリは薄い唇を歪めて、薄く笑った。

「どうもお祖母様は僕のことをひどく誤解なさっているらしいですね。継ぐ財産がないからって、愛する我が子を放り出すと思われているとは、実に心外ですし不快です」

ああ、と頭を抱えたい思いだった。執着とお祖母様は言ったが、これではむしろ、林家の執着をカタリに教えてしまったようなものだ。財産を擲（なげう）ってまでミルカが欲しいのだ、と。

「……左様ですか」平坦な声で、お祖母様は言った。「でしたらわたくし共からは、これ以上申し上げることはありません。どうぞお話をお進めになって。ああ、そうそう。こちらのホテルの支配人とは懇意にしておりましてね、当分邪魔は入りませんから、お時間も気にならなくて大丈夫ですよ」

そう言うなり、唇をきっと真一文字に結んだ。

「……ねえ、徹子、ちょっと、徹子ったら。これはどういうことなのよ」

先ほどから母が、しきりに小声で話しかけてきていたが、私も未だ、混乱と困惑のさなかにいる。

「おばさん、しーっ。ちょーっと静かにしててくれる？」

護が指を一本立てて、子供に言うみたいにして言った。同時になんとなくざわついていた会場内も、ぴたりと静かになった。

「それじゃ、根津、続きをどうぞ」

護の言葉に、根津君がマイクを持ち直した。

「えっと、じゃあ話を戻します。さっき一度に色々聞かれたけど、取り敢えず俺は今呼ばれた通り、根津といいます。まあ、名前なんてどうだっていいんだけどね。大事なのは職業で、これで一応、探偵をやってます。そんで、あとなんだっけ？　ああ、この茶番はなんだってやつ？」

相変わらず根津君は、何を考えているのか読み取りにくく、人を喰ったようなしゃべり方だった。けれど、ふいに、別人のように低い、絞り出すような声で言った。

「――これは俺の復讐だよ。恵美さんを殺してしまったおまえへの、ね」

17

カタリはいかにも不本意だと言いたげな表情で肩をすぼめ、それから口を開いた。おそらく、メグの葬儀の後の発言と、似たようなことを言うつもりだったのだろう。

けれど、それは見事に遮られた。

「黙れ。黙れ黙れ黙れ黙れ、何も言うな。おまえが説明しろって言ったから、説明してやってんだよ。恵美さんはなあ、テメーと結婚なんてしなきゃ、自殺なんてしなくて済んだんだよ。彼女はなあ、見かけは華奢でたおやかだけど、芯はすげー強くてしっかりした人だったんだよ。よっぽどのことがなけりゃー、自分から死を選んだりしねーんだよ。そのよっぽどのことを、テメーがしたんだろうがー」

そこまでひと息にわめき散らし、根津君はぜいぜいと息継ぎをした。すかさずカタリが割って入る。

「ふうん、ずいぶん恵美に惚れ込んでいたみたいだけど、何か関係でもあったのかな？」

そんなわけないよね、という言葉を言外にぷんぷん匂わせた、嫌味な言い方だった。

「関係なら、大ありだよ！」根津君が、ひときわ大きな声を出す。「俺はなー、中一のときに恵美さんに出会ってからずっと、ほんとにもうずーっと、彼女を見守り続けてきたんだよ。何か困ったことがないか、おかしなやつからつけ狙われたりしないか、陰からずっと見守ってきたんだよ。なのにっ……」

興奮してどんどんヒートアップする根津君に、他の人達は皆、引き気味だ。

「怖っ、ストーカーかよ……」

「つけ狙ってたおかしなやつって、まんま根津っちのことじゃね？」

正義君達が、ぼそぼそささやき合っている。当の根津君はひたすら、メグがいかに素晴らしい女性だったたか、自分がいかにメグを大切に思い、守ろうと努力してきたかについて熱弁を振るっている。それを聞かされるカタリはと言えば、ひどくげんなりしたような、薄気味悪そうな表情だ。何とか口を挟もうとして、その都度根津君から大声で遮られ、びくりと口をつぐむ。カタリのあんな、怯えたような表情は初めてだ……いや、違うか。ついさっき、正義君達に取り囲まれたときにも、明らかに怯んだような顔をしていた。

つまり今、この場は、カタリが苦手とする人種でいっぱいなのだ。

相手を不安にさせる、思わせぶりな表情や態度。相手に反論の隙を与えず、そこここに罠をしかけたような話術。常に自信たっぷりに相手の上に立ち、蜘蛛のようにじわじわと獲物の自由を奪っていく……それが、カタリの武器であり、いつものやり方だ。

それが、今はまったく通じない。はなからカタリの言葉なんて聞く気もないし、警察だの弁護士だのを持ち出しても平気の平左だ。数にものを言わせて暴力を振るいそうな外見だし、根津君にいたっては、今にも懐からナイフでも取りだしそうな危うさがある。正義君達の言葉を借りれば、「ヤバイ」のだ。実際、彼らの間では「あいつ、ヤベーな、おい」といった声が、楽しそうに行き交っている。

会場はもう、根津君の独壇場だった。

「俺はなー、おまえが恵美さんを幸せにしてくれると思ったから、泣く泣く諦めたんだぞ。恵美さんの選んだ人なら、間違いないだろうって。ところがとんでもねー、大間違いだった。恵美さんは悪くないよ、もちろん。あの人は純粋だからな、おまえの本性が見抜けなかったんだ。俺は探偵だからな、徹底的に調べてやったよ、彼女の死後になってな。そして後悔したよ。何でもっと早く、彼女が生きているうちに調べなかったんだろうって。てめえの周りには、自殺者が多すぎんだよ。まずはてめえの同期で、鬱で退職した医者が、その後自殺未遂をやらかしてる。病院で入院患者が飛び降り自殺したこともあったな」

「馬鹿な」たまりかねたように、カタリは言った。「それと、僕と何の関係が？　病院じゃ、そういうこともあるだろう？」

「かもしんねーな。けどさ、大学に在学中、おまえが中心になってたサークルで、やっぱり自殺した女の子がいただろう？　そして、高校のときにも、おまえが所属していた部の後輩が一人、自殺している。そして中学のときにも、同じクラスのやつが一人。これが偶然の一致だったら、逆に怖いだろ。知り合い中に聞いてまわったって、いねーだろ、こんなやつ。自殺だけじゃねーぞ、てめーの周辺で、鬱になったやつ、不登校で引きこもりになったやつ、退学したり転校したりしたやつ、掘れば掘るほどざっくざくなんだよ。おまえはそんなの偶然とか無関係とか言うんだろうけどよ、俺はちゃーんと連絡が取れる限りは話を聞きに行ったんだぜ？　なんたって、探偵だからな。そいつらみーんな、おまえのことを恨んでたぜ？あいつ今度結婚するんだぜって言ったら、祝電ならぬ呪電を送りたいくらいだって言ってたやつもいるんだぞ。俺が代わりにきっちり復讐しときますよってなだめてやったんだからな、感謝しろよ？　まあ、徹子さんが嫌な思いをすることになったら大変だしな。で、そうだよ。徹子さんだよ。てめー、何、恵美さんの大切な親友まで毒牙にかけようとしてんだよ。徹子さんはなー、ここにいるみんなにとっても大事な人なんだよ」

「ふん、馬鹿馬鹿しい」ようやく態勢を立て直したらしいカタリが、心底見下すような口調で言った。「プロポーズしてきたのは、その徹子さんの方なんだがね。さあ、もう行こう、徹子さん。こんな底辺のクズ共と付き合うのは、感心しないな。こいつらのせいで、せっかくの披露宴が台なしだ。もうこんな茶番には付き合ってられるかよ。さ、このまま役所に行って、手続きを済ませてしまおう」と言い捨ててから、今度は林家の方に向き直り、「後日賠償請求させていただきます。美瑠香はこのまま連れて帰りますから」と宣言した。

けれどメグのお母様はミルカをしっかり抱きしめたまま、手放そうとしなかった。お父様は二人を庇うように、そっと手を添えている。

そして私の目の前には、すっくと立ち上がった護の広い背中があった。

「――なんだ、君は？」いかにも不快そうなカタリの声がした。「しれっと徹子さんの親族席にいるけど、弟君ってわけじゃないよね、どう見ても」

「俺は……」そう言った後、護の両腕が大きく広がった。それから、びっくりするくらい大声で言う。

「徹子の幼なじみだーっ」

正義君達がボソボソと、「声、でけーよ」、「そこ、そんなにドヤ顔で言うことじゃなくね？」などと突っ込んでいる。

「ふん」とカタリは鼻で笑うように言った。「根津君とやらもそうだけどさあ、要するに君らは、好きな女を僕に取られて悔しがってる負け犬共ってことじゃないか。どうせ君達はそうやって大声でわめき散らすわりに、徹子さんの真の価値なんて知りもしないんだろうよ。僕らは君などが理解も及ばない部分で、わかり合えているんだよ」

もうすっかり、いつもの自信たっぷりなカタリである。

そして私はと言えば、未だ混乱の中にいた。

会場の扉を開けてからというもの、未来は点滅するネオンのように、目まぐるしくその色を変えていた。話が自分のことに移っているというのに、何も言えず、身動きさえできずにいる。

「徹子」私同様、今までただ呆然と座っていた父が、母越しにそっと話しかけてくる。「影山君のことで、色々言われたことは本当なのか？　おまえは本当に、彼とこのまま結婚するつもりなのか？　今ならまだ」

間に合う、と続けかけたのだろうけれど、素早く母に遮られた。

「あんなの、嘘に決まっているわ。何なの、あのガラの悪い人達は」

すると前に立っていた護が振り返って言う。

「おっと、おばさん。悪口は言わないで下さいよ。あいつらみんな、俺と徹子の大事な友達なんだから。今日は徹子のために、駆けつけてくれたんだから。なあ、徹子」

とても優しく名前を呼ばれ、思わず息を止める。そのまま、どうにかこくんとひとつ、うなずく。

理由も事の次第もわからない。けれど、皆が今日この場に集まったのは、どう考えても私のためなのだ。

「なあ、影山さん」カタリの方に向き直り、護は言った。「さっきそっちが言ってた、徹子の真の価値ってさ、こいつのいいとこなんていっぱいありすぎて絞るのが難しいけど、ひょっとして、あれのことを言ってる？

――未来を視る、力」

さらりと言われ、息を呑む。

「……え？　いつから知って……」

ようやく出てきた言葉がそれで、しまった、否定しなけりゃならなかったと思ったけれども、もう遅い。

護は振り返って、複雑そうに笑った。

「うん、まあ、な。だいぶ前から変なやつだなあとは思ってたけどな。俺、地元に異動になったときさ、真っ先に徹子にメールしたんだよ。なのに徹子はその前から知ってたって言うじゃん……正義から聞いたんだけどさ。それで、今までずっと変だ変だと思ってたことが、一気に繋がったって言うかさ。今までのあれやこれやが、ああ、そうだったのかって。一番は、恵美さんのことだけど。彼女が亡くなる結末を変えようと、必死に動いていたんだよな、きっと……信じられないけど、でもやっぱり、どう考えてもそうなんだ」

「俺さー、二人の後をつけてたとき、聞いちゃったんだよねー、影山が徹子さんのこと、『カッサンドラ』って呼ぶのを。これってさ、女予言者の名前だべ？」

根津君が口を挟み、正義君達が「ヤベー、盗聴だ」、「盗み聞きだ」、「ストーカー、ヤベー」などとざわつく。

「おじさんやおばさんだって、あれって思ったこと、ありますよね、きっと」

護から話を振られた父と母は顔を見合わせ、それから小さくうなずいた。

「すごく勘のいい子だなって……気味が悪いくらい」

母が言い、最後の方は小声だったけど、ちくりと胸に刺さった。

「徹子ちゃん」と呼ばれた先には、笑顔の弥子ちゃんがいた。「うちの竜二が今、生きてるのも、徹子ちゃんのおかげでしょ？」

「俺が人殺しにならなくて済んだのも、徹子さんのおかげっすね。ほんとなら、今頃刑務所とか、マジヤベー」

「俺もきっと、いっぱい助けられてるんだろうけどさ。受験のときとかの他にもさ」護が私の目をじっと見て言う。「はっきり言って、俺は怒っているんだぞ。どうしてなんも、言ってくれねえんだよ。どうしていつも、一人でがんばっちゃってるんだよ。どうして頼ってくれねえんだよ。マジ、腹立つんだよ。だから今日、みんなにバラした。悪く思うなよ」

「……護……」

名前を呼んでみても、その先何を言っていいかわからない。おろおろと見回す中で、メグのお母様と目が合った。

「……ごめんなさい」

思わず、そんな言葉がこぼれる。

「なぜ謝るの？　恵美のために、ずっと闘ってくれたんでしょう、たった一人で……初めてお会いしたときのこと、よく憶えているわ……まるですごく懐かしい友達に再会したようなお顔をしていて。どこか不思議なお嬢さんだと思って、恵美ともそう話していたのよ」

お母様が優しくそんな声をかけてくれたけれど、私は力なく首を振った。

「……護が言った通り、ちゃんとみんなを頼っていたら、メグを助けられたかもしれない」

ならば、メグが死んだのは私のせいだ。

「いや、それは違うだろ」そう言って、護は胸ポケットから何かを取りだし、テーブルに並べた。

それは写真だった。カタリと並んで歩く、私。ミルカを抱っこして、三人でいる私。いつ、どうやって撮られたのか、まったく憶えがない。真正面からのカタリと私のバストショットまであった。

「この写真はみんな、根津が撮ったものだよ」

護が説明し、正義君達が「ああ、あの盗撮写真な」、「根津っちヤベーよな」などとひそひそ言っている。

「徹子、おまえ、自分でこれ見てどうよ？　どれもこれもさ、哀しそうって言うか、諦めてるって言うか、泣きそうって言うか……これもう、助けてって言ったも同然だろ？　だから、迷わず助けに来た。みんなもそうだ」

「ドナドナドーナーって荷馬車に乗せられてる、仔牛みたいだったよ、徹子ちゃん」

向かいの席から、弥子ちゃんが言う。

「おじさんおばさんも、どうですか？　娘がこんな悲痛な顔をする相手のとこに、嫁にやりたいですか？」

護から写真を見せられ、両親は揃って顔を曇らせた。

「ねえ、徹子さん」とメグのお祖母様が言った。「あなたも知っているでしょう？　恵美は本当に幸せそうだったの。だから、誰にも、私達にも止められなかったのよ……たとえ、未来を知っていたとしてもね。あなたのせいじゃないわ」

「――で、結局何ですか？　未来をのぞいたら美瑠香が死ぬのがわかったから、親権を寄越せ、ですか？」小馬鹿にしたように、カタリは口を挟む。「そんな言い分を聞き入れる裁判官がいたら、お笑い種ですね」

カタリはどうあってもミルカを手放さない。それはわかっていた。

ただ、カタリには未だ〈本当の未来〉を告げていない。実際のところは、彼が思っているよりもずっと酷い。けれどそれを伝えたところで、未来が動かないことも視えている。彼は陰惨な未来でさえ、面白がってしまうのだ。

ミルカを救うための未来は、未だ五里霧中だった。けれど……。

その霧が、今、少しずつ薄れていく気がした。その向こうに見える人影は、女性？　母と同年配の……。

「――お待たせしました！　スペシャルゲストのご到着です」

根津君がマイクに向かってハイテンションで叫び、割れた音声が響く中、皆が一斉に扉の方を振り返った。

扉が開く前から、既にその姿を見ていた私は、ただじっとカタリの様子を見守っていた。

最初、いぶかしげだった顔が、ある瞬間から一変する。まるで澄んだ水槽に泥玉を投げ込んだように、濁った憎悪とも憤怒ともつかない色に塗り上げられてしまった。

きっとそれは、彼が一生懸命かぶっていた猫が、仮面が、メッキが、はがれて落ちた瞬間だ。

「ご紹介しましょう。氷川光子(ひかわみつこ)さん……影山堅利氏の実母でいらっしゃいます」

根津君が、大仰なゼスチャーと共に紹介した女性は、しかし入り口で立ち止まったまま、中に入ってこようとはしなかった。皆の視線を一身に集めたまま、深々と頭を下げる。

カタリは無言のまま、ヤンキー包囲網を邪険に振り払った。それから林家の席につかつかと近づき、ミルカに手を伸ばした。

その瞬間。ひと筋の、未来に繋がる道が、視えた。

私は声を限りに叫んだ。

「——その子は十になったときに、あなたを殺すわ。眠っているあなたの喉に、その子はナイフを振り下ろすの」

メグの子供にそんなことをさせたくなくて、その厭(いと)わしい未来を変えたくて、私は今日、この日を迎えたのだ。メグの葬儀の日以来、幾度となく私はカタリにその事実を告げようとしていた。けれど、直後の未来、カタリは常にこう言うのが視えていた。

『……ふうん、そりゃ面白い。それじゃこれからは、命を賭けたゲームだね』と。

ミルカを救うには、二人を物理的に引き離すしか手立てがなかった。私が養母という形で育児実績を積み、その上で何とか理由をつけてミルカを連れてカタリのもとを去る……そういう計画だった。当然連れ戻しにかかるカタリから、どう逃げるのか、果たして逃げ切れるのか。ミルカを親殺しの殺人者にしないためには、いったいどれほどの対価が必要なのか。

ただただ、未来への不安に押し潰されそうな日々だった。

それがなぜか、カタリの母親が現れた瞬間、風向きが変わった。皆のぎょっとしたような視線が集まる中、私はさらに、畳みかけて言う。

「あなたは、クロノスのように我が子に殺されてしまうの。あなたはミルカを、そういうふうに育ててしまうの。だから……」

ギリシャ神話の神様の名前を出したのは、散々カッサンドラと呼ばれた意趣返しのようなものだった。血を分けた子供に討たれると予言を受けたクロノスは、次々に子供達を喰らい呑み込むが、結局末子のゼウスに討ち滅ぼされるのだ。

ああ、ここでも〈予言〉が出てくるではないか？

未来なんてものを知っても、やっぱりろくなことにならないのだ、きっと。

私が言い終えるのを待たずに、カタリはミルカを抱き取ろうとしていた手を引っ込めていた。何気なく触ろうとしたものが、おぞましくも汚いものだと気づいたというように。

「——そういうことなら、美瑠香はこのままそちらで育ててもらえますか？」

とても気軽な口調で、カタリは言った。まるで不要品のやり取りでもするように。

「そのうちに、そちらの顧問弁護士を寄越して下さい。あ、特別養子縁組でお願いしますよ」

つまりこれは、自分の財産をミルカに渡す気はない、という意思表明だ。

「……わかりました。こちらで万事よろしいようにいたします」

メグのお祖母様が、静かに言った。

「ハンコ代は弾んで下さいよ……いや、これは冗談」クスクス笑いながら言い、カタリはおもむろにこちらに向き直った。

「──ねえ、徹子さん。僕達、けっこううまくやっていけると思ってたんだけどな。残念だよ……じゃあね」

カタリのすごいところは、それが心底残念そうに見えるところだろう。寂しげに微笑みさえしながら、くるりと踵を返すと、すたすたと扉に向かった。扉の脇に今も立ち尽くしている母親のことは、一顧だにしなかった。

カタリが姿を消すと、彼の母親は緊張の糸が切れたように、へたへたとうずくまってしまった。慌てて駆け寄ると、弥子ちゃんも反対側から支えてくれた。

「……また同じことに……なるところだった……あの子はやっぱり……」

床にぺたんと座り込んだまま、喘ぐようにそんなことをつぶやいている。

「大丈夫ですか？」

声をかけながら、そっと腕を取る。脈が少し、速かった。

「本日は無理を言って、すみませんでした」

根津君が近づいてきて、頭を下げる。さっきまでとは別人みたいに礼儀正しい。

私達は彼女を椅子に座らせ、持ってきてもらった水を飲ませた。少し落ち着いた彼女は、何度も何度も頭を下げた。やつれてはいても、きれいな人だった。

「息子さんのことで、少しお話を聞かせてもらってもいいでしょうか？」

根津君の言葉に、彼女は不安そうに面を上げた。

「息子と言っても、とうに縁を切られておりますが……二度と母と名乗るなと言われていますので」

「それはあなたが拘置所にいたことが原因で？」

相手はぴくりとしたが、微かにうなずいた。背後で「えっ」と声を上げたのは、私の母だろう。それにはかまわず、根津君は続けた。

「事件としては、あなたが寝ている旦那さん……堅利氏の父親をナイフで刺し、出血多量で死に至らしめた、ということですよね。既にお伝えしているように、私は探偵です。当時、事件現場となったお宅の隣に住んでいた方にお話を伺ったのですが、それによると深夜、お宅から女性の悲鳴が聞こえた。尋常じゃないその声で目覚めた隣人は、窓からお宅の様子を窺っていたそうです。しばらくして風呂場の灯りが点き、二人の人間の影が見えたとのことでした。大人と、子供です。女性の泣き声と、『お母さんが悪かったの』という言葉が聞き取れたそうです。けれど報道では、一人息子は眠っていたことになっていた。

——単刀直入に伺います。旦那さんを殺したのは、あなたではなく、堅利氏ですね？」

その言葉に、皆が息を呑んだ。

「……私が悪いんです」そう言って、彼女は顔を両手で覆った。「夫が恐ろしくてならないのに、別れる勇気もなくて、日に日に夫に似てくる息子をどうしても愛せなくて……だから悪いのは、私なんです。もしあんなことになると知っていたら、何をおいてもあの子を連れて逃げていたのに。そもそも、あの人と結婚したりしなかったのに。もし……」

私はかける言葉もなく、彼女の「もし」と「たら」を聞いていた。

——もし、私に未来を視る力なんてなかったら。

やはり私もこんなふうに嘆いたのだろうか。

そしてまた、思った。カタリは本当に、クロノスだったのだと。ゼウスに討たれたクロノス自身もまた、父であるウーラノスを傷つけ、その地位を簒奪（さんだつ）しているのだから。

どこかで断ち切らない限り、負の連鎖は延々と続いてしまうのだろう。


やがて落ち着いた彼女は、また何度も頭を下げてから、逃げるように帰っていった。

未来を視る私とは反対に、根津君は職務上の能力で、他人の過去を辿っていく。カタリの過去。カタリが隠したがっていた過去。根津君によるとカタリは事件の後、父方の祖父母に引き取られた。けれど高校生の頃に祖父母が相次いで亡くなり、裕福な親戚の養子となった。その際、苗字も変わり、〈立派な両親に育てられた、優秀で品行方正な息子さん〉としてのカタリが完成した。

カタリの養父母は今もご存命なはずで、私のときはともかく、なぜメグとの結婚式にさえ、親族席をサクラで埋めたのかまではわからないらしい。もしかしたら、何かがあって折り合いが悪いのかもねと根津君は言っていた。結婚後、自分の親族に会えない理由など、カタリならいくらでもそれらしいものを思いつけたことだろう。当日さえ取り繕えれば、それで良かったのだ。

「とにかく、あいつのアキレス腱は母親だったんだよ」と根津君は言っていた。

カタリの人生には、一点の染みも傷も許されない。だからうまくいけば母親の存在そのものを使い、カタリの行動を制御できると考えたのだ（根津君はもっとはっきり、『脅迫できる』と言っていたけれど）。

実際のところは、染みとか傷どころではない、カタリの息の根を止めるに等しい存在だったわけだ。

効果はあまりにも覿面で、どうやっても変えられなかった未来が、今、大きく動いたのである。

カタリ親子が帰ってしまうと、会場はお祭りが終わった後みたいな気の抜けた空気になった。

「——それじゃ皆さん。遅くなりましたが、このまま昼食会ということでよろしいでしょうか？　人数分、ご用意いたしますので」

メグのお祖母様が仕切り直すように言い、正義君達が「ウェーイ」と喜びの声を上げた。

「美瑠香も退屈でしょうから、わたくし共は途中で失礼させていただきますね」とメグのお祖母様がつけ加えたのを聞き、私の両親は顔を見合わせて立ち上がった。まさか本当に全部払ってもらうわけには……などとささやき合っていたから、費用の分担の申し出だろう。ならば私に責任があると立ち上がったら、すばやく弥子ちゃんが近づいてきた。

「徹子ちゃん。まだ顔色悪いよ？　楽な服に着替えてきちゃえば？」

そう言われて自分が真っ白いドレスに身を包んでいたことを思い出し、どうしようもなく恥ずかしくなった。それで弥子ちゃんに付き添ってもらい、控え室に向かった。

いつもの地味な服装に着替えてしまうと、アップスタイルにして花を飾った髪型が、笑ってしまうくらい浮いている。弥子ちゃんが手早くごてごてした飾りを取り外し、ピンを抜いたりして、ふんわりとしたシニヨンにまとめてくれた。

「もう入ってきても大丈夫だよー」

ふいに弥子ちゃんが出入り口に向かって呼びかけて、振り返ると、そうっと開いたドアから入ってきたのは護だった。

「よっ。心配だから、様子見に来た」

「ついてきてたんだよねー」

弥子ちゃんがにこにこ笑っている。

「ああ、いつもの徹子に戻ったな」安心したように護は言い、それからおずおずとつけ加えた。「俺、余計なことをしたわけじゃないよな？　もし、ほんのちょっぴりでも、あいつのことを好きだったりしたら……まあでも、徹子が恵美さんの二の舞になったりしたら、悔やんでも悔やみきれないから、もしそうだったとしても……」

「それは、ない。大丈夫」

慌てて遮り、首を振る。ゆるいシニヨンが、頭の上でゆらゆら揺れた。護は私の顔をしげしげ見てから、ぱかっと口を開けて笑った。

「それなら、良かった」

その満面の笑みを見て、胸が苦しくなった。

「……私、護に謝らなきゃならないことがある。いくら謝っても、謝りきれないことが」

今までずっと、言えずにいたこと。

未来を視る力のことを説明できないなんてことは、後からくっつけた理由に過ぎない。本当のところは、怖かったのだ。

それを伝えて、護が深く傷ついてしまうのが。卑怯で、卑劣で、正義にもとる人間だと思われてしまうのが。要するに、護から嫌われてしまうのが、怖かったのだ。

私は自分の臆病を、奥歯でぎりぎり嚙みしめながら、ようやく話し出した。

私が、護の輝かしい夢を潰したのだと。粉々に、打ち砕いてしまったのだと。

「……私はこんな力を持ってしまったから……みんなを幸せにしなきゃいけなかったのに、幸せにしたいのに、何ひとつうまくいかなくて。誰も、助けられなくて」

訥々と語る私の言葉に、辛抱強く耳を傾けてくれていた護が、頭を掻きながら言った。

「あのさ、徹子が思ってる〈みんな〉の中に、俺は含まれてないのか？」

「そんなことない。そんなこと、あるわけない」

私の頭の上で、シニヨンが揺れる。

「あのさ、この際だから言っとくけどさ、おまえと一緒じゃないと、俺は幸せにはなれないんだよ。あの交通事故で、徹子はもしかしたら死んじゃってたかもしれないんだろ？　そんなの、駄目に決まってるじゃん。俺、不幸じゃん」

「……私のせいで、甲子園に行けなかったんだよ？」

そう言ったら、護はきれいに撫でつけていた髪を、両手でわしわしと掻きむしった。

「あのさ、そもそも俺が甲子園に行きたかったのってさ、その夢を最初に教えた女の子が、『きっと行ける。応援に行く』って言ってくれたからなんだよね。俺の夢はさ、徹子に応援してもらうことだったんだよ。俺だけを応援してもらえたら、それで良かったの。そんでさ、その夢は……今も同じなの。俺は徹子には幸せになって欲しいの。できれば俺が、徹子を幸せにしてやりたいの。そう思ってるのは、俺だけじゃないぞ。みんな幸せってことは、徹子自身も幸せじゃないと成り立たないんだよ」

ひと息にそう言って、護は大きく息継ぎをするように肩を揺らした。私はただ呆然と、くしゃくしゃ頭の護を見上げていた。

「そうだよー、徹子ちゃん。徹子ちゃんの周りの、徹子ちゃんが大好きな人は、徹子ちゃんが幸せじゃないと、幸せになれないんだよー」小さい子供に語り聞かせるように、弥子ちゃんが言った。「まあでもそのナンバーワンは、護君みたいだけどね。残念だったねー徹子ちゃん。ウェディングドレス、脱いじゃって。せっかくだから、このまま護君との披露宴にしちゃえば良かったのに」

弥子ちゃんにくすくす笑われ、護と私は顔を見合わせ……そして慌てて目をそらした。

「ねえ、徹子ちゃん」とても優しく、弥子ちゃんは言う。「徹子ちゃんはさ、未来なんて見えたせいで、ずっと辛かったんだよね。でもさ、マジ、あんま深刻になることもないと思うなー。だってさ、未来なんて、ほんの少し長生きすれば、誰だって見られるでしょ？ あたしらが死んだって、子供達がその先の未来を見てくれるでしょ？ そっちの方が、すごくない？」

そう言われ、泣きたいような、笑いたいような気持ちになり、黙って弥子ちゃんに抱きついた。私の腕の中で弥子ちゃんは身をよじり、「バカっぽいこと言っちゃったかな？」と照れ笑いをしている。

「それ、俺が言いたかったなー」と護が言い、「ゴメンねー、徹子ちゃんを独占しちゃって。

あ、混ざりたいならカモーン」と弥子ちゃんがふざけたように言う。

背中に回された弥子ちゃんの腕が、柔らかく、温かい。泣き笑いでくしゃくしゃになった顔を上げると、ぼさぼさ頭の護が大きな口を開けて、ニカッと笑った。

19

歳をとるほどに、あの時の弥子ちゃんの言葉は真実だったなと思う。

日々を生きていれば、いつかは未来に辿り着く……誰でも。遠い未来を見てみたいと思うなら、その手段はただひとつ。誰よりも長く、生き抜くことなのだ。

毎日、本のページをめくっていくように、未来は少しずつ、その厚みを減らしていく。幼い頃は折り重なった膨大な未来に、ただただ圧倒され、恐怖するばかりだった。けれどこつこつと読み進んでいけば、やがて残りのページはごくわずかとなる。別に未来など視えない人にだって、結末はある程度予測できてしまうのだ。

それはもちろん、あっと驚くどんでん返しが用意されている本もあるだろう。人生の最後の最後に、何かとんでもない事件や転機が訪れることだって。

けれど私が読んでいる本には、もうそうしたことは起こらない。残っているのは、ただ静かな幕切れだけだ。もう、波乱も落とし穴も人の悪意にさらされることもない。どこまでも滑らかで、穏やかな日常だ。

護を身代わりにしてしまった交通事故に、避けられなかったメグの死、そしてカタリと出会い、関わったこと。あの頃は、まるで見えない壁にぶつかり、悪意のこもった落とし穴に落ちるような、失意と波乱に満ちた日々だった。

けれど混沌に満ちたあの結婚披露宴（始まりもせずに別なものに変わってしまったけれど）以降、私の人生はとてもフラットで平和だ。

もちろん、それなりに色んなことはあった。

まずはミルカのこと。

あれから私は、足繁（あししげ）く林家に通うことになった。私自身が気になったということもあるけれど、林家からのSOSコールが頻繁にあったのだ。

メグの葬儀でカタリが涙ながらに語っていたことのうち、ミルカが〈癇の強い子〉だというのは真実だった。何か思い通りにならなかったり、不快なことがあったりすると、大声で泣き叫び、そこらの物を投げたり壊したり、挙げ句暴力を振るってくるのだと、メグのお母様は疲れ果てたようにおっしゃっていた。そのほっそりとした腕には、いくつもの生々しい噛み跡がついていた。

「恵美が亡くなって、短い期間に世話をする人がくるくる替わったのが、幼心に負担だったのでしょうけれど」とお祖母様も言い、深くため息をついた。

その時、傍らの布団で寝かせていたミルカが目を覚まし、しばらくぼうっとしていた。そしてふいにはね起きて、「てつこちゃーん」と泣きながら抱きついてきた。

メグのお祖母様から、林家の養女にならないかと打診されたのは、それから間もなくのことだった。つまりは一緒にミルカを育てて欲しいということなのだ。

このときばかりは一人で悩まず、まず護に相談した。彼は事も無げに言った。

「いいんじゃない？　俺も一緒に育てるよ」と。

それがプロポーズなのだと気づくまでに、数分もかかってしまった私は、やはり母の言う通りだいぶぼんやりした人間なのかもしれない。

そうして様々な手続きを経て、私達は三人家族になった。義理の家族は一度に増えたし、翌々年には四人家族になった。

下の子が生まれるとき、正直私は恐れていた。ミルカのことを愛せなくなってしまったらどうしよう、逆に、下の子を愛せなかったら、と。

その少し前、母方の祖母が亡くなっていた。通夜の席で、身も世もなく嘆き悲しむ伯父とは対照的に、母はどこか冷めた様子だった。

それを冷たいと伯父に詰られ、母は言った。

『だって母さんは兄さんばっかり可愛がって、私のことなんてどうでもいいって感じだったのよ。兄さんには、私の気持ちはわからないわ』

思わず私は、母の顔をじっと見つめてしまった。その視線に気づいたのか、母はこちらを確かに見やり、そしてつと目をそらした。

あの時の母の気まずげな顔が、ずっと脳裏に貼りついていた。

我が子だから無条件に愛せるというものではないのだろう。嫌いとまでは言わなくても無関心だったり、どうしても相性が悪いということも、やっぱりあるのだろう……残念なことだけど。

けれど心からほっとしたことに、すべては杞憂だった。

石は意思を持って、遠く未来に跳ねていく。

この頃から私は、自分が頑丈で頼もしい舟に乗っているのだと思えるようになった。それは生きていれば、荒波の日も、強風の日もあるだろう。けれど私達の舟は、決して沈まない。たとえ大きく揺れることはあっても、一つ一つ、着実に波を越えていく。

——真っ直ぐ、どこまでも進んで行く。

他の人の話をしよう。

徹は義兄となった護が、根気よく話をしたり、外に連れ出したりしてくれて、高卒認定試験に合格することができた。その後専門学校に通い、見事社会復帰を果たした。正義君、弥子ちゃん夫婦には、なんと四人目が生まれた。大城君は二度目の結婚をした。今度こそ大丈夫だと言っていた。根津君は相変わらず探偵業に精を出している。

そしてカタリは、ミルカが十になった年に死んだ。担当していた患者さんの遺族に、夜道で刺殺されたのだそうだ。報道によると完全な逆恨みだったそうで、インタビューに答えた患者さん達は口を揃えて「あんな素晴らしい先生が……」と言い、その死を悼んでいた。結局再婚はしなかったらしい。

私はミルカと共に、カタリをも救ったのだと思っていた。それは思い上がりであり、大きな間違いだった。

それから、さらに長い年月が経った。

病院の真っ白いシーツの上に、護が横たわっている。長い白い髭を貯えた、どこからどう見ても立派なおじいちゃんだ。あの強くて大きかった体は、今ではずいぶんしぼんでしまっている。

お医者様からは、覚悟をして下さいと言われている。だけど私は平気だ。覚悟なら、とうの昔にできている。そして遠からず、私自身も同じところへ行けることも知っている。だから平気だ。未来を視る力があって、こんなにも良かったと思ったことはない。

ずっと眠ったままだった護が、うっすらと目を開けた。その手をぎゅっと握り、顔をのぞき込む。

「護。私はここよ」

「ああ……」と護は笑った。「徹子の夢を見てたよ。君がまだ……、小さい、女の子で。あ、これからたくさん、泣きながら一人でがんばるんだなって思ったら、たまらなくなって……思わず話しかけて握手してもらった。そして言ったよ。あなたの……」

護のうわごとのような切れ切れのおしゃべりに、私は遠い記憶を呼び覚まされる。

幼い日、駅のホームで出会った真っ白い髭のおじいさん。

――私だけの、優しい神様。

『――あなたの未来を祝福します』

護のかすれた声と、私の涙声が重なった。

護は私と目を合わせ、微かに微笑んで……そのますうっと深いところに落ちていった。

なんだ、護だってすごい力を持っていたんじゃないの。はるかな未来から、遠い過去へ向けて、私を救う一言を届けに、はるばる旅をしてくれていたんじゃないの……。

こんなにも昔から、私は護に救われ、守られてきたのだと、胸の中がいっぱいになる。

最愛の伴侶の死を目前にして、今、私の心はとても穏やかで、なだらかだ。

あの日、神様が――護が祝福してくれた未来のただ中に、幸福な私がいる。

解説

北上次郎

いやあ、驚くぞ。絶対に驚くぞ。

しかし、なぜ驚くのか、その理由をここに書けない。そんなことをしたらネタばらしになるからだ。だから、この解説も注意しながら書くことにする。

まず、本書は二章にわかれている。前半が「フラット」、後半が「レリーフ」。ちょうど半分ではなく、後半のほうがやや長い。前半のストーリーはここに紹介することが出来る。全部紹介してもいい。

前半の「フラット」で語られるのは、森野護と平石徹子の青春記だ。それを森野護の側から描いていく。この二人は幼なじみで、それ以上でもそれ以下でもない。徹子が恋の対象になったことは一度もない。

　護が語るのは、ちょっと変わった徹子の言動だ。たとえば中学生のとき、クラスメイトの女子の手をいきなりむんずと摑んで早足に歩きだしたりする。「え、ちょ、なに？」と当の女の子は驚くが、徹子は「ごめーん、三郷さんと手をつないでみたかっただけ」と言うのだ。あるいは道ばたでいきなり見知らぬおばあちゃんに抱きついたりもする。このときは「あのおばあちゃんにはね、悪霊が取り憑いていたのよ。そのせいで、これから人を殺すとこだったの。でも大丈夫。私がバッチリ浄化したから」と声をひそめる。大丈夫かこいつは、と護は心配になる。小学校の低学年のころ、下校途中に護が交通事故に遇ったとき、夜の病院に徹子が突然現れて、涙を流したこともあった。そのときは「ごめんね、マモル」と言ったような気もしたが、徹子が本当にそう言ったのかどうかは、護、ちょっと自信がない。気のせいだったのかも。

　幼稚園から始まって、小学校、中学、高校（ここで別の学校にいく）、大学と、二人の腐れ縁的な付き合いが続いていくので、前半の「フラット」は青春小説、幼なじみ小説だ。特に高校時代は、徹子がクラスメイトの女の子を護に紹介して、度々会うようになるから、青春真っ只中を描く小説でもある。大学生のときに地元の成人式に出席した護と徹子が、二階から落ちてきた赤ん坊を助け、それが縁で、正義と弥子というヤンキー夫婦と仲良くなることも書いておく。二十七歳のときに故郷に転勤になったので、また徹子と会うようになるという展開も重要だ（そのとき、徹子は看護師になっている）。「あのさ、俺達さ、三十になってもお互い相手もいなかったらさ」「付き合ってみるのも、悪くないんじゃね？」と護が言うので、おお、そういう展開になるのかと思っていると、具体的なことは何もないままに一年が過ぎ、護の母親がこんなことを言う。

「そう言えば、徹子ちゃんから聞いてる？　あの子、結婚するんだって。今日ね、平石さんがおっしゃってたんだけど、なんでもお相手はすごいエリートらしくて……」

ここで、前半の章「フラット」は終わっている。最後の母親の言葉がなければ、後半はいよいよ護と徹子の恋物語が始まるのかも、と思うところだが、徹子の結婚を告げて終わるとは、いったいこのあと、どんな物語が待っているというのか。いや、結婚した徹子と護が道ならぬ恋に落ちてもかまわないが、それはやっぱり加納朋子の小説には似合わない。いや、護もまた他の相手と結婚して、しかし幼なじみの交流はずっと続いていくのだ。そういう展開であってもいい。そういうふうになると、これは「永遠の幼なじみ小説」ということになる。いいではないか。

とかなんとか、いろいろなことを想像しながら、後半の「レリーフ」を読み始めると、ぶっ飛ぶ。まったく予想外の物語が始まっていくからだ。

それが予想外の物語であったというのは、加納朋子がさまざまな作品を書く作家だからでもある。周知のように、加納朋子は『ななつのこ』で第3回鮎川哲也賞を受賞してデビューした作家である。これは、ひとつの短編の中に二つの謎解きを入れ、さらに全体が繋がっているという画期的な連作ミステリーで、この趣向は第二作『魔法飛行』でも踏襲された。この鮮やかなデビューで、加納朋子の名は満天下に知れ渡ったが、その後はミステリーを離れた一般小説も書き、そちらの世界でも唸らせるのである。

たとえば、育児も仕事も全力で取り組む山田陽子（ブルドーザー陽子ともいう）を描く『七人の敵がいる』『我ら荒野の七重奏（セプテット）』と続く連作はワーキングマザー小説で、読みごたえたっぷりの傑作だ。あるいは小学生を描く『ぐるぐる猿と歌う鳥』は見事な少年小説だし、中学生を描く『少年少女飛行倶楽部』もある。ミステリーと一般小説を融合させた『レイン・ボウ』という秀作まであるから（これは高校の女子ソフトボール部員たちの卒業後の人生を、その悩みと喜びを、鮮やかに描く連作集で、青春小説としても素晴らしいが、同時にミステリーでもあるという傑作だ）、自由奔放なのである。

であるから、この『いつかの岸辺に跳ねていく』が、ミステリーから離れた普通の青春小説、あるいは幼なじみ小説であっても、全然不思議ではない。前半の「フラット」に見る人物造形の見事さは加納朋子の小説ならではで、ホント、絶品といっていい。

だから、後半もこういう普通小説のまま展開していっても十分に堪能出来る。それでいい。それでもいい。ところが後半は、全然普通ではないのだ。

今回の解説原稿を書くために、久しぶりに本書を再読したが、もうストーリーは分かっているというのに、またラスト近くで泣いてしまった。語り手が徹子に代わる後半で何が語られるかは、ここにいっさい書けないが、ひとつだけ書くことが出来るのは、これは運命と戦う者の物語だということだ。熱いものがこみ上げてくるのは、その決意の美しさに胸を打たれるからにほかならない。

驚きと感動が待っている。そのことだけは書いておきたい。

――書評家

この作品は二〇一九年六月小社より刊行されたものです。

いつかの岸辺(きしべ)に跳(は)ねていく

加納朋子(かのうともこ)

令和3年8月5日　初版発行

発行人――石原正康
編集人――高部真人
発行所――株式会社幻冬舎
〒151-0051東京都渋谷区千駄ヶ谷4-9-7
電話　03(5411)6222(営業)
　　　03(5411)6211(編集)
振替00120-8-767643

印刷・製本―中央精版印刷株式会社
装丁者――高橋雅之

幻冬舎文庫

ISBN978-4-344-43109-6　C0193　か-11-5

幻冬舎ホームページアドレス　https://www.gentosha.co.jp/
この本に関するご意見・ご感想をメールでお寄せいただく場合は、
comment@gentosha.co.jpまで。